你不努力
没人能
给你想要的生活

You need to fight for
what you want

超级玛丽 作品

百花洲文艺出版社
BAIHUAZHOU LITERATURE AND ART PRESS

你的人生
不需要被
任何人设计

You are the only
designer of your life

所谓天赋
都是千锤
百炼得来

You practice for your gift

梦想是你的
生活是你的
世界是你的

Your dream,
your life, your world

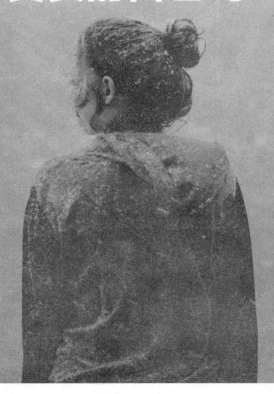

你真的认识
真实的自己吗

Do you really
know your true self?

Do not complain,
go all out and fight!
Only hard,
you can live a desired life

别抱怨
全力以赴地争取吧
只有努力
你才能过上想要的生活

目录

第一章　你不努力，没人能给你想要的生活

别人的生活，为什么看起来都那么美好？而你距离自己想成为的样子、想要的生活，为什么一直那么遥远？他们真的都是天生的幸运儿吗？

不，没有人能随随便便成功，谁的理想生活都不是轻易得来的。为了让未来的你，感谢现在拼命的自己，你必须低下头去，撸起袖子加油干。不要把自己的梦想，拴在他人身上，因为该为你的梦想负责的，只有你自己!

第二章 世界是自己的，跟别人毫无关系

不要在意他人的指指点点。活在世上，谁人背后不说人，谁人背后无人说？世界评估你的最终方式，是由你做出的事来决定的。坚持梦想，朝着自己想走的方向大踏步前进吧！逢山开道，遇水搭桥，你终将成就自己无与伦比的人生。

第三章　我们真的生活在阴沟里吗

世界不是善意的，但也不是恶意的。其实，它是无意的。你生命中遭遇的那些苦难和考验，全是逼你变得卓越的磨刀石。不要放大人生中困苦的部分，而要克服它、消化它，让它成为滋养你人生的养分，因为，杀不死你的，必使你更强大。人生中，喝得下最苦的那杯酒的人，才能承受得起最甜的幸福。

第四章 这个世界这么残酷，又这么温柔

你不是一个人在奋斗，你并不孤独。那些珍贵的亲密的人，那些宝贵的善意的陌生人，都曾为你的世界添加一抹亮色。世界残酷，而人心美好。活在这个世界上，努力奋斗，就是人生最大的幸福。愿你能想明白这些话。愿你能为想要的事业坐得了冷板凳，愿你能为想要的爱情去得了天涯。愿你能在纷繁世事中左右逢源，也能在繁华深处固守纯真。愿你一直奔跑，愿你一直微笑。愿你懂得珍惜。

第一章

**你不努力
没人能给你想要的生活**

你不努力，没人能给你想要的生活

别人的人生，看起来都那么美好。

毕业之后在家乡发展的朋友，现在出门已经开上了汽车，住着三层小别墅，一有空就带着家人满世界旅游，朋友圈定位的那些国家的名称，你连听都没听过；去了北上广的那些人，现在的收入动辄年薪上百万，出门应酬的客户，都是你在电视上才能看见的人物；还听说某某某嫁入了豪门，从此一生再也不用为钱烦恼，不用工作就有买不完的衣服，刷不完的卡。

有时候你觉得老天太不公平了，为什么别人看起来毫不费力就过上了你想要的生活，而你只能苦逼地早八晚五，早高峰赶地铁不知道挤丢了多少只鞋，挤烂了多少个包子，关键是你银行卡上的数字小到让你难以启齿。

为什么你没过上你想要的生活？原因很简单，要不就是你给自己设定的目标太大，要不就是其实你还没那么拼命。或许你觉得你现在已经很辛苦了，但还是和想要的生活相差甚远。努力和回报是成正比的，这个法则从来都没有改变过。

我有个毕业留在老家的朋友跟我抱怨，说她的工资实在太少了，刚开始工作一个月才两千块钱，以前上学的时候花父母的钱，想买什么东西眼睛眨都不眨就买了，现在明显不一样了。前天她看中了一双五百块钱的鞋，考虑了好久，最后还是因为价格太贵而放弃了。毕竟已经毕业了，不能赚钱让父母过上更好的生活已经很过意不去了，如果再花父母的钱就真的是不像话了。而且她在家乡这种小城市打拼也很不甘心，本来她对事业有着满腔热忱，但是现在的工作整天除了喝喝茶水玩玩手机，几乎没有什么重要的事情可做。

我问她，既然你这么有事业心，为什么毕业之后不出去闯闯，为自己的未来争取一下呢？

她说父母想让她找稳定一些的工作，在他们的观念里，公务员是最好的工作，就算当公务员一个月只能拿两千块，也比去给别人打工赚一万强得多。她拗不过他们，只能委屈地在小城市过活了。

我说，既然你已经选择了这样的生活，就不应该再有任何抱怨了。

你选择安逸，就注定得不到你想要的生活。别拿家里人的意见做挡箭牌，为未来打拼和有没有尽孝道从来都没有太大关系。

我大学时候有个同学是富二代，家里是做金融生意的，父母希望他毕业之后能回自己家的企业工作。在所有人看来，这都是他唯一也是最好的出路。但是他偏偏对金融一点儿兴趣都没有，也不想去继承什么家族产业。他从小就有美术天赋，他未来的梦想是开一间属于自己的艺术馆。毕业之后他把自己的想法告诉了父母，谁知父亲勃然大怒，厉声训斥他："别人可能奋斗一辈子都无法达到你的起点，你却要放弃家族产业去搞什么美术，简直逆向滑落！"但同学的态度很坚决，他宁可放弃家里的所有财产也要坚持他的梦想。

最后这位同学真的放弃了家里的公司，但是他的梦想也没让他失望。毕业三年后他就如愿开办了自己的艺术展览馆，现在做着收藏艺术品的生意。如今他是我所有同学中发展得最好的一个，年收入已经直逼他的父亲了。

几乎没有人可以用自然而然的方式得到自己想要的人生，而梦想，几乎都要靠努力，或付出其他代价才能争取到的。

可能你会说富二代创业成功的例子不足为奇，家里再怎么反对也会给予资金和人脉的支持。可即便如此，富二代的成功也并不容易，也很艰辛，所以普通人的白手起家更要加倍努力，才能逐渐接近自己的梦想。哪怕那种普通人看来"飞上枝头变凤凰"的灰姑娘戏码，也没有想象中的那么轻而易举。

小甲和小乙是同寝室的室友，她们是学校里有名的两朵校花，她们的梦想都是嫁入豪门。因为小时候家里就很贫困，所以她们太想过有钱人的生活了。有钱人的阔太太，可以在家养养狗，种种花，出门有豪车接送，买衣服可以不看价格。为了过上自己想要的生活，小甲特别努力，大学的时候别人逛街打游戏，她从来不是去打工，就是报各种各样的培训班去学习，什么茶道、礼仪、瑜伽、形体，只要不是上课的时间，她几乎都在图书馆看书，用她的话来说，她现在所做的一切，都是为了以后能够配得上有钱人。

小乙感觉小甲这么做实在是太累了。在她看来，有钱人看什么？那肯定是看脸啊！所以想嫁入豪门，只要足够漂亮就好了。她的所有钱都花在了买化妆品和物色男人身上，大学的时候她身边的男人从来没有间断过。小乙比较着身边的男人谁更有钱，遇到身价更高的马上就换男朋友。用男朋友的钱继续投资自己，买化妆品，买名牌包包，甚至还去整了形。

大学毕业的时候，小乙兴奋地宣布她就要结婚了。虽然结婚对象比她年长十岁，可经济条件很好，是当地有名的富豪。一个有钱喜欢颜，一个有颜喜欢钱，两个人顺理成章地走到了一起。

小乙都已经要结婚了，而大学四年都在学习的小甲，连一个男朋友都没有交过。毕业吃散伙饭的时候，小甲恭喜小乙过上了她想要的生活，小乙就跟小甲滔滔不绝起来：什么有钱人喜欢有气质的女人都是骗人的，什么男人还是喜欢美女，女人只要有脸蛋就够了。最后小乙让小甲别净学那些没用的了，有时间还不如多找几个男人比较比较，女人的青春就这么几年，过去了就没有多少价值了。

小甲只是笑笑，没有说什么。

三年后，剧情发生了意想不到的反转。小甲终于要结婚了，她邀请了小乙。但是婚礼当天，小乙一直没有出现。据知情人说，其实当时小乙并没有结婚，那位富豪的父母嫌小乙只是个花瓶，肚子里也没什么墨水，待人接物登不了大雅之堂，于是坚决不同意这门婚事。不久，两个人就分手了。分手后，他们的故事在当地传得沸沸扬扬，很多人私下里议论小乙，说她是"富豪看不上的女人"。加上这几年小乙整形过度，后遗症接二连三找上门，她也不像当初那么漂亮了。同为当时的姐妹花，小甲风风光光地嫁了，小乙却混成了现在的光景，所以她自然不愿意来参加小甲的婚礼，免得再被人说三道四。

小甲毕业之后的生活顺风顺水。她先是去了一家世界500强的分公司，因为业务能力优秀，人也长得漂亮，所以经常被老总带去谈判。后来有一次，小甲独自一人代表公司去跟一家跨国公司谈合作，不仅顺利签约，对方正单身的老总还特别欣赏小甲，爱情就这样来了。本来小甲是不着急结婚的，可老总的母亲见过小甲一面之后就特别喜欢她，整天催促两人赶紧把终身大事办了。后来他们就结婚了。

小甲的婚礼是在五星级酒店办的，据说光是举办这场婚礼就花了五十万，还不算他们即将去巴厘岛、马尔代夫等地度蜜月的费用。

婚礼现场同学们都说"小甲这回厉害了，以后肯定不愁吃穿了""她以后天天在家做阔太太就可以了，还上什么班啊""小甲不用赚钱都将是同学里最有钱的一个了"……

但我觉得小甲婚后肯定不会做一个不劳而获的阔太太的。获得今天这样的生活，除了她自己，谁都不知道她经过多少努力。在别人买漂亮衣服的时候，她的钱全给了补习班；别人花男朋友钱的时候，她在烈日下站八个小时，只为了八十块钱的薪水；别人唱 k 泡吧的时候，她的青春都给了图书馆和工作。

别人在该努力的时候选择了安逸，而她付出的全部努力，让她过上了自己想要的生活。

行走在社会上，人人都是普通人。无论你是成功人士、公众人物，还是有钱人，都只是普通人身上的标签，每个人的生活都需要通过自己的双手奋力打造，没有人能随随便便成功。你只看到别人光鲜亮丽的一面，却不知道他们为了现在的生活，曾经都经历过什么。你现在的努力决定着你的未来，你不努力，真的没人能给你想要的生活。

你为什么这么穷

你跟别人一样，嘴上老是说："能用钱解决的事儿那都不是事儿，钱一点儿都不重要。"

所以你从来就没办成过一件事。

钱不重要，那是从穷人嘴里说出来的。有钱人很忙，他们没空讨论"钱重不重要"这个话题。重不重要都没关系，反正他们有钱就行了。

有钱人各有各的故事，穷人则都有类似的特质。不信，你看。

拖拖拖，不到最后一刻不罢休

对于有钱人来说，浪费时间就等于浪费金钱，低效率的工作更是谋财害命。别以为有钱人的生活整天就是度假、旅游、买买买……那都是电视剧里骗你们的。随便抓个大公司的老总，每天的工作行程都是满满的。一天飞好几个城市不在话下，一场会接着另一场会的事儿时有发生，分分钟定下千万大单也不是不可能。

他们不会像你一样，每天早上来到办公室打开电脑，就是刷微博，回评论，然后跟办公室的同事吐槽下某某明星又出轨了，最后再去某宝上看看昨天买的宝贝到哪儿了。等你真正想起来该工作的时候，才发现马上到吃午饭的时间了。

一天的工作总是拖到临下班前的最后几个小时，为了完成任务急急忙忙糊弄完，还自我感觉良好，觉得自己的工作效率非常高。所以你的工作一直没什么起色，有钱人一天能赚好几位数，而你到手的还不抵人家的零头。

犹犹豫豫，做个决定婆婆妈妈

机会多，但机会也转瞬而逝。面对机遇，你还没反应过来呢，有钱人已经快、准、狠地抓住并开始着手做了。穷人看重眼前，守着眼前那三分利，多花一分钱都觉得肉疼，这绝对是穷人的痛点。他们就喜欢那种银行存款式的投资，只要手里的钱没变少就好。有钱人知道舍不得孩子套不着狼，只要看好未来的发展前景，舍得投资，回报自然就不用多说了。

做决定不果断，明摆着把机会白白让给了别人，你这么大方，什么时候才能有钱呢？

特别擅长找借口，全世界都错了就你没错

做事情有对的时候就有错的时候，谁都经历过成功或失败，这很正常。有钱人在失败的时候，第一反应是马上想是否有弥补的办法，拿出三四套解决方案，最大程度地降低失败带来的负面影响。事后还要总结一下经验教训，避免再发生同类状况。

穷人却善于找借口，一旦遇到什么麻烦事，第一时间想到的就是推卸责任。常常把"不怪我"挂在嘴边，"迟到了不怪我，只能怪路上实在是太堵了""考试没考好不怪我，只能怪大姨妈来得不是时候""报表出错了不怪我，昨天加班实在太晚了精神不太好"……面对你的诸多理由，别人深感无奈之余，还要宽慰你说："没事儿，没事儿"，你心里顿时一阵窃喜，觉得自己蒙住了人家。但问题没解决，下次再遇到这种事情，你还是错。

过度自负，天底下就你最厉害

因为工作原因，我经常采访各种各样的领导。渐渐地，我发现大公司的领导，一般都很谦逊有礼，他们一点儿架子都没有，跟他们说话，就像和朋友交谈一样，非常惬意，我也愿意多聊一些；相反，那些小公司的负责人，不但总是迟到，还摆出一副居高临下的样子，对手下的人颐指气使。遇见这种状况，我只想赶快完成工作，匆匆了事。穷人没见过什么世面，觉得在井底之下他就是老大，看不起手下的人。他不懂"成事者，讲究天时地利人和"，手下的人不拧成一股绳，任你本事再大也无用。有钱人却深谙这个道理，他们通常态度谦逊，宽以待人，非常懂得尊重别人，手下的员工自然对他们愈加信服。由此一来，团队的向心力、凝聚力增强了，往往事半功倍。

拒绝学习，不管世界怎么变思想不变

一个人过度自负尚可以接受，毕竟能有自负资本的人，通常的确是有一点支撑自负的能力的。最令人不能接受的，就是那种一点儿本事没有还拒绝学习的人。这种人通常是小时候上学的时候不学习，工作了之后还不学，社会上一切先进的想法和潮流似乎都跟他无关，他的思想基本停留在上个世纪。

取款一定要去银行窗口，手机还是上个世纪的"砖头"，微商电商兴起的时代，他还坚信"一铺旺三代"，这种人如果能有钱，那这世界该有多么不公平。

三分钟热度，做事没有规划

穷人要做什么事情，多是一时兴起，刚开始的时候跟打了鸡血一样，全身上下都散发着正能量。见谁都要把他的宏伟计划讲一下，看上去就是一个彻头彻尾的热血青年。但是过不了几天，你就会发现他基本没什么动静了。

原因很简单，他做的时候全凭脑子一热，根本就没有一个长期的打算。因为他没有提前做好准备，结果在事情正在进行的过程中，遇到了前所未有的难题，他发现眼前的一切和自己预想的完全不一样，没毅力的人自然就放弃了。你看哪个做成大事的有钱人，在做任何事之前不是频繁地开会，力争把每一个能想到的细节都事先敲定好，对于有可能发生的所有风险都进行一番客观理性的评估？做事没规划，活该你穷。

逃避现实，活在想象之中

想法和行动哪个更重要？说起来，两者都挺重要。但穷人做事，往往是想法大于行动。他们喜欢做白日梦，想法经常脱离现实。我认识一个人，他给人讲起创业的理论来是头头是道，看起来学识非常渊博。各种各样的大道理，他都能给你分析个透彻。但是你仔细琢磨一下，他说的那些话跟那些创业书上写的好像也没什么不同，甚至有些还是强词夺理、混淆逻辑。最后我才知道，那个人一点儿创业经验都没有，他的那些理论都是通过看书外加自己想象总结出来的。说起来也是啊，如果他的创业理念真的如此神奇，为啥他自己不去创业，只能找人大谈特谈他的创业理想呢？

如果你是思想的巨人，行动的矮子，那可能就要穷到底了。

畏畏缩缩，不敢向前走

眼睛光看着钱是不行的，因为那些钱再怎么看也不是你的，你得上前把那些钱拿到自己口袋里啊。穷人做任何事情都畏畏缩缩的，缺乏自信。明明有很好的想法，也有一定的执行力，只要勇敢去做，说不定就能获得很好的结果。但人家就是自卑，死活不愿意往前迈一步，张口闭口就一句"不行，不行，我不行"。面对这种人，神仙也拿他没办法。哪个有钱人不是气场十足，即使没有十足的把握，也表现出来百分百的信心？如果你连这点儿心理障碍都克服不了，那就只能永远当个小人物了。

不诚实，一句话扯三个谎

可能你会说了，在社会上混，谁能不说谎？不是还有"善意的谎言"这个说法嘛。不不不，不要被这个说法所蒙骗，说谎是会形成习惯的。一个守时守信的人，不光能给人一种好印象，还有可能为成功创造很多机会。为了达到自己的一些目的，张口闭口就是谎言，就算能忽悠住一两个人，那也只是短时间的利益。况且，能在这个社会上混的人，谁傻啊，谁不是人精啊，你那点儿小伎俩谁看不出来啊，别人只是不屑于拆穿你罢了。你自以为很聪明，但人格尽失，哪个有实力的人会跟奸诈狡猾的人做生意呢？最后只能是得不偿失。

没礼貌，不懂得尊重

教养和赚钱有什么必然的联系吗？有啊！我并不是说有钱人一定都有彬彬有礼的风度，但蛮横无理的人是很难有钱的。别理解错了，我绝对不是歧视穷人，谁说贫困家庭出来的人就一定没有教养？我只是想说，教养能看出一个人的综合素质。

越高档的商场，越是安静。相反，你看看门口的菜市场，声音嘈杂到震耳欲聋。两个人争论，声音大的不一定就是讲理的，大声喊叫很可能只是因为心虚。只为了一点儿蝇头小利就大声叫骂的人，放心吧，他肯定不会有钱。

上面这些观点当然不是绝对的，但是你如果不想一直穷到底，最好全部反其道而行之。穷人穷的不光是钱，还有思想观念，自身修养。如果你现在很穷，先从自身下手，看看自己是不是有以上这些问题，如果有，马上加以改进，财源很可能自然就滚滚而来。

只跟你谈梦想不跟你谈钱的工作都是耍流氓

我已经三个月没见到张鑫的影子了，我甚至不由得怀疑我这个朋友是否真的存在过。

直到有一天我终于把她约出来了，这才知道她没有从这个世界消失。她出现的时候，顶着油腻的头发，穿着明显和这个季节格格不入的衣服，甚至连妆都没有化。如果她不说她刚下班，我还以为她刚从非洲逃难回来。

我打趣她："是什么把我们的女神摧残成这个样子了？"

"哎，加班呗。"她叹了口气，接着说，"公司要搞个活动，三个月来，我只休息过一天，每天下班时间差不多都是晚上八点，简直要累成狗。"

"那真是辛苦了，赶紧多吃两块肉。"我安慰她，"你现在这么年轻，多奋斗奋斗赚点儿钱，也提高提高自己的生活品质。"

"赚钱？公司从双休改成单休，最后又变成偶尔休；加班从偶尔加到经常加，现在是常规加；奖金从有到无，工资不升反降，哪来的钱啊！"她继续吐槽自己的境遇。

"我擦，听你这么说，公司都这么对你了，你干吗还在那儿做牛做马啊！"我一边为她打抱不平，一边不解地望着她。

张鑫看着我疑惑的眼神，开始义正辞严起来："我加班，不是为了公司加的，而是为了更多地实现自身价值。我现在正处在事业成长期，加不加班是自愿的，但机会永远是留给那些有准备的人的。你不付出，自然就没有回报。所以我现在就得加倍的努力啊！在我们公司，一个人得到的最高嘉奖，不是领导给你加了薪，也不是你得了多少奖金，而是领导又分给你多少任务。你工作量大，说明领导看重你，对你信任，这是值得庆幸的事儿，你还要什么奖金、要什么加班费？上周我写了一万字的稿子，完成了三个方案，还成功组织了一次活动！怎么样，是不是觉得我的工作能力就像开了挂？"

"嗯，明白了，就是你们公司想用最少的钱，压榨你们干更多的活儿呗。"我很无语。

"压榨？才不是呢！我感觉公司提供的平台让我实现了更多的自我价值，要不然我还有什么存在感？这种在工作中感受的成就感你是不会明白的！"她言语之间还有些小得意。

"在当前这个社会，什么都是等价交换的。卖力工作获得丰厚的报酬，这是理所当然的事情。你付出了加倍努力，加班加点完成了两倍的工作量，确实是你工作能力的体现，那你也应该得到两倍的报酬啊。上班就是为了挣钱啊，这原本就无可厚非，要不谁还上班啊？照你说的，如果这个公司一分钱都不给你，你还去上班啊？"我实在很难苟同她的看法。

"去啊，为什么不去！"张鑫又激动起来了，"这里的工作能让我获得一种莫大的成就感，这是金钱不能取代的！绝一对一不一能！"

"好了好了，不管你发没发烧，反正我不想跟你掰扯了。"我懒得跟她争辩了。

这姑娘已经被她的公司彻底洗脑了。不知道她什么时候能想明白，所谓事业有成，是让自己的身价、品位、经济水平更上一个台阶，而不是为了工作拼死拼活，却把自己的生活过得一塌糊涂。

现在，我面前的张鑫蓬头垢面，疲惫不堪。说实话，她一周的工作量是我一个月的，可薪水却是我一天的。在那么大的工作强压下，她头脑中所想的，肯定是怎么尽快地完成这项工作，而不是怎么高质量地完成它。每周重复着高负荷的工作，其实根本称不上工作，应该叫"机械产出"更贴切。

我说他们老板压榨他们还是好听的，说难听点儿就是把他们当成了能思考的机器。

多少劳动者经过多少艰难才争取到现在普遍实行的五天八小时工作

制，如果他们知道现在的人这么容易被洗脑，肯定要气得从棺材里跳出来。

这个社会人人都要求平等，但世界原本就是不平等的。在大雪天，有人开着宝马吹暖气，有人冻得瑟瑟发抖等公交；有人包私人飞机环游全世界，也有人连张卧铺票都买不到，只能自带小马扎，坐 30 多个小时的火车挤着回家过年。

你心里洋溢着的成就感，也许是令你对钱不屑一顾的理由。但是你要明白，这世界上绝大部分的成功人士都是有钱的。王健林的小目标是怎样轻轻松松地赚一个亿，听出来了吗？人家的目标是少干活、多挣钱，而不是整天到晚干活，以求别人的夸奖。

没有人生下来就是应该为别人做苦力的，谁的命都不应该是他人完成梦想的垫脚石。作为一个老板，你的员工付出了努力，你就理应给他应有的报酬，而不是一而再再而三地给他画大饼，一天到晚给员工洗脑。谁都不是天生的傻子，就算脑筋一下子没转过来，也终有想明白的一天。

"双十一""双十二""六一八""一二八"，在别人眼里，这些节日是购物节，第二天上班大家津津乐道的是，昨天凌晨十二点清空价值好几万元购物车时的畅快淋漓。而在你眼里，这几天就是个普通的礼拜几，你对此完全不屑一顾。其实，不是你对网上的东西不感兴趣，而是你没钱。

买套化妆品，你某猫、某东、某品、某会地看个遍，心里比较着是满减优惠、三免一优惠，还是优惠券更划算，你在购物车里将它们加了删，删了加，最后终于在某平台以最便宜的价格买下来了。你跟旁边的人炫耀你多有经济头脑，没有当冤大头。其实，不是你不想潇洒地去实体店买，而是你没钱。

买回家车票的时候，你没有抢到。于是你整天到晚挂着刷票软件，终于有天蹦出了一张软卧。你同事要你"快抢，快抢"，你却迟疑了。你说软卧不划算，还不如靠窗的硬座。其实，不是你不想坐软卧，而是你没钱。

当然，一直在标榜"追求自身价值，不在于工作量和工资是否匹配"的你，是不会和别人说这些的。谈起自己的梦想，你总是头头是道——别傻了，没赚到钱，你说的都是废话。

千万别信老板给你灌输的价值论。如果客户没给你老板钱，他肯定马上就会跳脚。不管你是实习生、刚毕业的大学生，还是觉得自己能力平平，任何人只要付出了努力，就理应得到回报。

你不是家养的小精灵，谁TM再跟你废话，就让他闭嘴。毕竟我们这么辛苦出来混，就是要赚钱去实现自己的梦想的！

愿你早日成为别人愿意利用的人

小张气呼呼地把一大摞复印资料撂到我桌子上，就转身回自己的位置上了。

我抬头说了声"谢谢"，并没有注意到她的情绪，因为我正在为一个策划方案头疼。已经连续熬了三宿了，完全是眼冒金星的状态，这次方案再不通过，我就要抓狂了。

幸运的是，付出得到了回报，当我把自己几经修改过的方案拿给领导看的时候，他终于露出了满意的笑容。

这件事过去几天后，一位同事突然神秘兮兮地跟我说，她在上厕所的时候，听见小张在跟同事大声抱怨我利用她，没有她整理的那些资料，我的方案根本就通过不了。

什么？我的方案是因为她通过的？难道她参与了那个方案的策划和撰写？我突然想起来了，我的确让她把最近几年有关某某项目的资料影印一份给我。因为我当时实在忙不过来，看她正在办公位上看电视剧，就请她帮忙了。

我都不知道，这在她看来，竟然是我利用她了。但仔细回忆起她给我资料时的眼神，好像是带着点儿怒火的。

可是，不就是印了份资料吗，这就算是利用她了？除此之外，她有什么可利用的价值吗？

我越想越觉得窝火。

于是，我去找小张聊了聊。对，当然要找她聊啊。真不是我小心眼，我也想知道她都做了什么。既然她都那么说了，肯定有她委屈的地方。小张是公司刚来的新人，1996年的。一想起1996年出生的孩子都已经踏入工作岗位了，我就有种快要被拍死在沙滩上的悲凉感。年轻的孩子果然表达欲更强一些，我才刚开了个头，她就滔滔不绝起来了。

听起来，她好像真挺委屈的。她说来公司以后，她的工作都是给别人做嫁衣。每次出方案的时候，那些老员工就让她做这做那，每次她做得都特别用心。就像我拜托她影印的资料，她都是按照日期分门别类整理好才帮我印出来的，这看似不起眼的工作，足足花费了她一下午时间。

还有上次他们部门的颖姐让她出套方案，她熬了一个晚上才做好，第二天颖姐直接拿去用了。那套方案在大会上获得了表扬，结果领导提都没提她的名字。她想，肯定是颖姐独揽了功劳，说不定压根儿就没在领导面前提过她的工作成绩。

一想起这些，她就觉得是我们老员工利用了她。

我说那行，我手里正好有一套方案需要做。我跟领导说，这套方案全权交给你来掌控，这回没有人会去抢你的功劳。这也是给你的一次机会，你做不做？

她马上眼睛一亮，坚定地回答我，她做。

一套成熟的方案要做下来，真没那么简单。但她的自信，让我想起了当年同样初出茅庐的我，我很想帮帮她。于是我说服领导把这套方案交给她去做，领导瞪大了眼睛以为我在开玩笑："你把方案交给没有一点儿经验的新人负责，万一她做得一塌糊涂怎么办？"最后我跟领导说："方案我还正常做，如果小张能做出一套令大家满意的方案，那我的这套就算作废。"

领导勉强同意了，还无奈地说我这是何苦。

这是小张第一次接触整套方案的操作，说实话，我也不知道她的水平到底如何。三天过后，小张主动来找我了。她的方案实在做不出来了，周围也没有人告诉她应该怎么做。大学里学的那一套理论，实际工作中完全用不上。她现在才发现，出一套方案看似简单，但真正要完整地落实出来，目前对于她来说还是太难了。

我问她："这次还觉得有谁利用你了吗？"
她摇了摇头，不作声了。

刚出来扑腾扑腾翅膀，就觉得自己已经拥有整片蓝天了，这绝不是自信，是愚蠢。

小张不知道，我让她给我影印的那些资料，都是我按照信息的重要程度事先整理好的，她只要打印出来就好，根本不需要按照时间顺序再排序。如此一来，她不但做的是无用功，还打乱了我原来的顺序，而我又没好意思再麻烦她，后来我稍闲一些的时候，自己下楼又打印了一份。

我还跟小颖沟通了一下，她说那天她压根没用小张的方案，因为她看了之后觉得完全没有能用得上的地方。事后她考虑过把小张方案里出现的问题告诉她来着，但想想还是算了，多一事不如少一事。毕竟她不是领导，就算她有心提点小张，说不定小张还误以为她在摆架子。看来小颖情商比我高。要是让我评价小张，我觉得她很有能力，想法很活，有她那个年纪该有的创新思维。但毕竟是新人，经验少了点儿。

不过，有一点儿我特别惊讶，她来公司已经两个多月了，居然连工作的基本流程都没有弄懂。

她觉得她会好几种语言、N多种软件，在大学里是班长、学生会主席，就特别了不起，超级厉害了。她以为自己是高材生，所以简单的事情不应该交给她去做，她能做的事情必须是和办公室打杂不一样的。别人要求她做什么事，只要跟她没有直接关系，她就觉得是在利用她。但实践和理论是不一样的，在职场上她是新人，这和她曾经在学生会里混得多好，没有半点儿关系。

记得我刚进入职场的时候，特别喜欢帮前辈做一些能帮得上忙的工作。在社会上打拼，没有谁有义务教你，毕竟给你开工资的是老板，你又没给他交学费。想学新本事，那就自己偷偷去学啊！

空闲的时间看电视剧？那得多没心没肺。没工作的时候，我就坐在关系好的前辈旁边，在不打扰他们工作的情况下，学习他们是怎么工作的。遇到不懂的地方，就趁他们空闲的时候赶紧在旁边问，也许是我脸皮比较厚，他们都爱叫我"小好奇"。

当然我也不能白麻烦我的这些"老师们"，平常帮他们打个饭、买个水，请他们吃个雪糕，他们工作忙的时候交给我的琐碎的工作，我也照单全收。我从来没觉得那是利用，相反，他们能信任我，我很开心。

终于有一天，我获得了和小张一样的机会。不过我没她那么大胆，上来就直接争取。当时是有个姐姐休产假了，正好她的方案被全盘否定了，需要大刀阔斧地进行修改。我就说让我试试，领导看其他人实在忙得没时间，就放手让我去做了。

虽然我的方案并不是很成熟，但所有关键点我都没落下，领导看过之后提提意见，我再修改修改，最后方案居然真的通过了。作为成长最快的新人，那年我被评为了优秀员工。

那时候如果谁要是说利用我了，估计我得开心地蹦起来：哎呦喂，我居然都有被利用的价值了！

在你羽翼还没丰满的时候，谁会利用你？想太多了吧！
你所谓的被利用，甚至有可能是给别人添了麻烦。

收起你所谓的"被迫害妄想症"吧！没有任何人想利用你。你的学历高、起点高、工作能力强，那些都是你的优势，合理地利用这些优势，会让你变得更强。但如果仅凭这些优势，你就觉得自己天下无敌了，那等待你的，只能是不进反退。

但愿你早日成为那个有利用价值的人。

你真的认识真实的你自己吗

最近我显得特别焦躁，遇见谁都想争论一番，就连生活中无关紧要的小事都忍不住要吐槽几句。脸上的痘痘一排一排地往外涌，明明只有二十多岁愣是活出了更年期的感觉。

正当我第二百八十遍地跟老友吐槽，办公室老有人发出声音，弄得我一点儿工作的心情都没有的时候，老友突然打断我：

"你说你毕业也有几年了，天天就想着赚钱赚钱。虽然钱是用来赚的，但也是用来花的啊。你说这么多年了，你做过什么自己特别想做的事吗？干脆现在就停下手里的工作，像大学时代那样，为自己出去旅行一次吧。"

哎呀，这不就是传说中的"说走就走的旅行"嘛，听起来确实很诱人！

其实，对于这件事，我何尝没有梦想过？但是，作为一个苦逼的上班族，我请一天假就要被扣一天工资；手里工作又那么多，因为想出去旅游就请假又不好开口；一个人出行，机票贵，住宿费也没人可以平摊，玩几天一整月的工资就没了。再说了，如果去一个陌生的城市，还要花好长时间做旅游攻略。

所以，我经常是在脑袋里想想过过干瘾，想完就拉倒了。

可是，经他一提醒，我突然想起来，上大学的时候，只要课程稍微少一些，我就会背上背包出去"走走"。我选的一般都是近郊游，或者是往返时间在两日内的短途旅行。为了能多几次这样的"走走"，我需要利用课余时间写好多稿子，做很多份兼职，才能赚得足够的经费。但当时的我一点儿也不觉得辛苦，反而甘之如饴。

在这样的短途旅行中，我见到了在学校里见不到的人，看到了除寝室、教学楼、图书馆以外的世界。就算只是爬到山顶，回头看看脚下已经被自己征服的路，在山顶上大喊大叫，唱自己喜欢的歌，没人在乎你是否跑调，那种感觉也是爽歪歪的。

工作之后就再也没有进行过这种旅行了。就像老友说的一样，倒不是我多爱钱，而是考虑的太多。毕竟现在一个人在外漂泊，哪怕每月按时交着房租，还时不时要看房东的脸色。我总想着应该买了房子之后再出去浪。久而久之，我好像已经忘了，原来自己曾经是那么喜欢旅行的一个人。

为了所谓脚踏实地的生活，有时候我们可能真的忘了，真正的自己到底是什么模样的。

你真的很了解自己吗？你真的知道自己喜欢的到底是什么吗？还是只是"人云亦云，随波逐流"？

我有个朋友，以前讨厌小孩儿是出了名的。只要三百米之内有小孩儿，她马上就警惕起来，防止小孩儿近身。我曾问过她为什么讨厌孩子。她说现在丁克不是非常流行吗？作为 90 后，她的思想可从来都是走在潮流最前沿的——养小孩儿多麻烦，她可不生，她以后肯定是要丁克的。结果呢，她还是嫁了人，生了孩子。有趣的是，生完孩子以后，她马上变成了晒娃狂魔。偶尔跟她聊个天，她也是三句话不离孩子，后来我听说她把工作都辞了，专门在家里照顾小孩儿。
我就说嘛，如果别人讨厌什么你就讨厌什么，那你也太压抑自己的天性了。

有时候我们就是给自己定的条条框框太多了，而且还那么逼真，甚至自己都能把自己给骗了。但总有一天你会发现，其实真正的你和你想象的你并不一样。你以为自己最讨厌的，反而有可能是你发自内心最喜欢的。
还有一类人，倒不是认不清自己的喜好，但就是偏执加固执，就想表现出她特立独行的一面。凡是大众喜欢的，她统统表示讨厌，似乎只有这样才能显出她独特的品位。

初中的时候，身边的朋友都特别迷周杰伦，那个时候周杰伦也真是火，大街小巷都是他的歌。但是总有那么几个人，一听周杰伦马上就嗤之以鼻，还说，真想不明白大家为什么都那么喜欢他，不知道他有什么好的。这种人往往连一首周杰伦的歌都没听过，讨厌他的理由也只是因为喜欢他的人太多，如果自己也喜欢他，就显得太俗气了。但是拜托你清醒一点，这种盲目的反对流行，不也是一种狭隘的俗气吗？生活中这样的人太多了。

我们经常在无意中被他人的想法所左右，到最后反而委屈了自己的本心。而年纪越大，在社会上浸润的时间越长，本心就更被染得五彩斑斓，自己都难以辨识了。

举个很简单的例子，你想向对面的同事借一根数据线。你跟她张嘴借了以后，她说她正在用，过一会儿再借你。但是"过一会儿"是多久呢，你没有问她。于是过了一会儿，你发现你的手机马上就要关机了，就又问了她一遍。而她恰好有点儿忙，就让你再等会儿。接着你心里就开始犯嘀咕：她是不是不想借我啊，记得上次见到她的时候，忘了和她打招呼，难道她就因为这个生气了？哎，真小气！可那也不能不管她借啊，手机马上关机了，很耽误事情呢。在这期间你思考了很多，但最后还是没有再向她开口，任由手机自动关机了。

活到这个程度的时候，我们可能就真的需要向婴儿学学了。婴儿的表达总是很直接，饿了，想吃奶，那就是哭。如果没吃饱、没睡好、没换尿布，那就哭个不停。他们从来不会想，别人不喂他是不是心情不好，他是不是得罪他们了，他们是不是在忙，只要没达到他的要求，他就会一遍遍地表达，直到达到自己的目的为止。

婴儿知道自己想要什么，但是你不知道，因为你的想法实在太多了。它们就像纷纷的落叶，已经遮蔽了你的本心——那棵藏在落叶下的小嫩芽。

所以你总是委屈自己，盲从他人，跟随大家向着同一个方向奔跑。毕竟，哪怕一群人一起赴死，也比一个人孤独地走在正确的道路上感觉要舒服。

我对生活顾虑太多，所以我直接放弃了最爱的旅游，选择做个女强人；朋友太顾虑他人的眼光，可能错了本来很对她口味的爱豆；同事太顾虑同事的想法，所以只能眼睁睁地看着手机关机。

顾虑，让我们忘了什么才是自己真正想要的，什么样才是真正的自己。

或者我们真应该像婴儿一样，抛开一切世俗之见，问问自己到底想要什么，然后遵从内心的想法勇敢去做。毕竟你的人生是你的，你的酸甜苦辣没有任何人可以帮你体会，干吗要让自己活得那么憋屈呢？

愿你能想明白这些话。愿你能准确无误地表达真实的自我。愿你能为想要的事业坐得了冷板凳，愿你能为想要的爱情去得了天涯。愿你能在纷纷落叶下看见自己的本心，愿你永远记得童年的自己会为什么事开怀大笑。愿你能在纷繁世事中左右逢源，也能在繁华深处固守纯真。愿你一直奔跑，愿你一直微笑。愿你开心。

打开"嫉妒"的正确方式，就是要变得比自己嫉妒的人更强

嫉妒这个东西，有时候比吸毒还可怕。

一个看不见、摸不着的东西，能位列七宗罪之一，威力可不是随口说说那么简单的。最可怕的就是，人人都有嫉妒心，而且随时随地都有可能爆发。偶尔小爆发一下也算怡情，一旦洪荒之力没控制住……
完全有可能是悲剧啊！

嫉妒发病阶段：恶语中伤

这个阶段，简单来说，就是吃不到葡萄说葡萄酸，用一些看似很正义、很高大上的理由，抨击那些自己暂时还做不到的事情。典型的特征是，说起话来酸溜溜的，方圆好几百里，都能闻到醋坛子打翻了的味道。

你新买了个 iPhone7，心里美滋滋的，总有人会过来假装关切地说一句：

"哎哟，小心手机爆炸啊！"

然后身边的人开始你一言我一语地说开了：

"是啊，现在苹果都不如国产机了呢，价格那么贵，性能也不见怎么提高，买苹果完全就是有钱没地方花嘛。"

"你可别这么说，人家有钱，让人家花去呗，又没花你钱，你心疼个什么劲啊。这个世道，到处都是愿意当冤大头的，咱拦着干什么？"

"这摆明了是炫富啊，有什么可炫的，她的钱是她自己赚的吗？还不是她父母给的！拼爹有什么了不起的！看我多懂事，多心疼我爹妈，我平时什么都不会跟他们要！"

买不起就说买不起，理由还真多。

更有甚者，还把嫉妒心上升到道德层面了。

好不容易你和老公的年假可以一起休了，你们决定去日本看看。日本离东北挺近的，机票并不贵，时差也比较小。一路上，你特别兴奋，看到任何喜欢的地方都要拍照，然后发微博、发朋友圈，也算给自己留个纪念。

这下，吃瓜群众不淡定了。

"哎哟，不就是出了趟国吗？去的还是那么近的地方，至于这么显摆吗？要是我，肯定去欧洲，没钱就不要去旅游，谁旅游不去个好点儿的地方呢？"

"纳尼？去日本？这时候还去日本呢，真不爱国。南京大屠杀的同胞白死了？那些牺牲在抗日战场的中国军人们，白白浪费性命了？你还去日本消费！祖国真是白养了你。"

"是啊，没想到他们平时看起来人模人样的，内心居然这么不爱国。真是看错了他们，交友需谨慎啊。"

其实，嫉妒就是嫉妒，根本不用说得这么冠冕堂皇。如果你有时间、有假期、有足够的钱，加上你也有老公的话，说不定你往日本跑得比谁都勤。

嫉妒发病阶段：蓄意破坏

恶语中伤只是一种排解嫉妒的手段，说说也就罢了。上升到蓄意破坏的阶段，那就真是一个严肃的事儿了。蓄意破坏者的潜台词是：你凭什么过得比我好？不行，我不好，你也得陪着我不好。

大学的时候，导员在就业指导课上给我们举了一个例子。曾经有个挺优秀的女同学 A，各方面条件都很突出，还没毕业，就在某知名传媒公司的校招面试中脱颖而出，只剩下最后一关，通过了就有 offer 了。A 很高兴，老师也很为她高兴。此后，她每天都在为最后一轮面试做准备，早上的时候早早起来晨读，动不动就泡在图书馆查阅相关资料。就算晚上回到寝室，她也时常穿上西服让室友给她模拟面试。这个机会，她真的是超级重视。

但意外的是，面试还没开始，A 就收到了电话通知，说她的同学实名举报她在期末考试中有作弊行为，虽然没被校方发现，但是公司是不会录用一个不诚信的员工的，所以她最后一轮的面试资格被取消了。A 当时就蒙了，说她从来就没有作弊过，考试的成绩也都是真实的。不过她的解释并没有什么用，这种大公司，想去的人实在太多了，优秀的人才也很多。公司不会为了一个还不知道能不能被录用的面试人员而去调查一个举报的真伪，一是没时间，二是没必要。即使这件事她是被冤枉的，一个人能被人举报，也说明她的人际关系处理得不是很好。

而举报她的，正是她的室友。她不知道的是，她室友也跟她参加了同一场面试，但是第一轮就被刷掉了。这位室友觉得，从大一开始，有 A 在场的地方，她就永远低 A 一头，这一次，她一定要把 A 拉下马。A 气不过找她理论的时候，她理直气壮地说："凭什么你家境好，你长得漂亮，老天就永远眷顾你？"

但我想问这位室友：你曾经像 A 一样努力过吗？扪心自问，在家境好又长得美的 A 努力学习的时候，长得没那么美、家境也不太好的你，是不是在忙着跟男朋友逛街、卿卿我我呢？

嫉妒真可怕，随随便便就破坏了一个人的梦想。

在这件事里，至少两个人之间还存在竞争关系。有些人甚至跟对方根本没有直接的利益，只是因为嫉妒就破坏他人。我想起了刚参加工作时的一件事。

当时我们部门在做一个演讲比赛。这个比赛其他部门曾经也做过，但是那个部门做得比较失败，参加的人数比较少，声势也比较小，所以集团的领导层根本不知道有这么个比赛存在。

第二年又到了公司做内部比赛的时候，公司的领导还想把这个比赛交给那个部门，可那个部门的员工连连推脱。是啊，做这个比赛费力不讨好，领导还不重视，有时间还不如多歇歇呢。最后，推来推去，这个比赛就交给了我们部门的两位新人负责,还美其名曰:给新人一个锻炼的机会。

这两位新人也是刚到工作岗位,做事特别积极,拿到任务之后,就开始制定方案。从比赛主题到整个流程,两个人经常加班到后半夜。有天集团的领导下班晚了,看到我们公司还有两个人在加班,很好奇,就过来看看他们到底在干什么。

两位新人很幸运,得到了和集团董事长直接交流的机会。董事长觉得,这是个很好的比赛,应该动员全公司的同事积极参与。于是,第二天他就在管理层大会上说,积极参加公司举办的各种活动,是对活动举办者的一种尊重,也是积极对待工作的一种表现。凡积极参加比赛的员工,在年底评优时应该重点考虑。

这个命令一下达,参加活动的报名人数激增,这个比赛成为了公司最受关注的活动,那两位新人也因此迅速被大家认识了。

活动进行得有声有色,推掉活动的那个部门的员工肠子都悔青了。到总决赛的时候,公司觉得应该让员工公开展现一下自己的风貌,就将总决赛安排在了酒店里。谁曾想,在比赛的过程中,竟然出现了严重的 Bug——原来有人偷偷换掉了比赛的 U 盘。两位新人又没什么危机公关意识,以致于后半场的比赛很尴尬,让公司颜面尽失。结果,当然是两位新人受到责罚,公司管理层决定以后再也不做这类活动了。这就是嫉妒心泛滥的结果,真是损人不利已。

嫉妒发病阶段：酿成悲剧

这类事件真不少见，社会新闻上每天都有报道。什么"姐姐嫉妒家里人宠爱弟弟，对弟弟进行殴打，甚至将其残害"啦，"嫉妒同窗学习好，在教室的饮水机里下毒"啦，"嫉妒朋友家里有钱，将朋友的全家残忍杀害"啦……这种事情实在太多了。

记得上小学的时候，班里有两个挺漂亮的小姑娘，一个学钢琴的，就叫她小琴吧，一个学跳舞的，就叫她小舞吧。小琴和小舞总是包揽学校大大小小演出的各种奖项，深受同学们喜爱。两个孩子的家长当然也以此为傲，到处说自己家的孩子有多优秀。有段时间，学校要做"校园之星"活动，就是从学生中选出一名校园之星。这两个孩子的胜算肯定是最大的，所以两个人都开始了更加努力的训练。
小琴比较外向，小舞比较内向。有天两个孩子刚好碰见了，小琴就跟小舞说，她已经考下来水平证书了，而且校长家的孩子跟她一样，也是学钢琴的。舞蹈很无聊，校园之星肯定非她莫属了。
小舞听了之后很伤心。但是她因为性格内向，即使内心再怎么烦恼，也没有对任何人说起过这件事，可从此再也没人在舞蹈房看见过她。
直到有一天，趁着小琴午睡，小舞做了一件自己和别人都永远无法原谅的事：她拿刀砍向了小琴的手

小琴的手被砍断了神经，缝合得不太好，虽然不影响日常生活，手指却再也达不到成为卓越的钢琴家所需要的灵活度和力度了。她还可以继续弹钢琴，但终生也不可能成为专业的演奏家了。

这真是个残酷的故事。现在我也不知道小琴最后到底怎么样了。而小舞，犯事儿的时候因为尚且年幼，并没有受到太重的处罚，只是从此以后更不愿与人交流了。她心里的感觉，可能只有她自己懂。

嫉妒心，有时候真的很可怕。它不是武器，有时却能夺人性命。每个人都有嫉妒心，看见比自己好的人或事，嫉妒是人之常情。在充满正能量的人眼中，嫉妒是催人奋进的动力；反之，它就是杀人于无形的钝器。

如果别人比你站得高，那就请你努力比他站得更高，而不是蜷缩在地上做别人的绊脚石。不然，就算他一不小心被你绊倒了，待他站起来，还是会高过你；而你，永远只能是那个毫不起眼的绊脚石。

面对嫉妒心最好的办法，就是做到比你嫉妒的人强。相信我，如果你通过自己的努力超过了他，那你的成就感，绝对比毁了他人的成功要好太多。一旦你试过这种感觉，肯定会爱它爱得要命！

不信就试试啊！！

你该不该去干他们说的那些"好工作"

我刚毕业的时候，家里人劝我找个有编制的工作，这时正好有人给我推荐了一个这样的工作，月薪八百元。他振振有词地跟我说："这个工作啊，工资高低不重要，工作制度也不重要，你感不感兴趣更不重要，重要的是，它有编制啊。"

听他这么说，我心里忍不住吐槽：你有编制，可是我有脑子啊！我没有应下来，后来这件事就过去了。

都说"三百六十行，行行出状元"，但总有一群自觉生活经验丰富、无所不能的人，把好好的工作分成了三六九等。

在村头嗑瓜子的大叔大婶们眼里，所谓好工作，就是有"编制"的那种。像什么公务员啊，事业单位啊，那才是真正的"铁饭碗"。市场再不景气，国企也能做到旱涝保收，那可是国家的亲生孩子，什么时候福利待遇都是一等一的好。

作为一名已经活了二十多年的 90 后，自我感觉我还是能跟得上社会潮流的。但当我第一次听到"编制"这个词的时候，还真有点儿蒙圈："编制"是啥，有啥用？

"编制通常是指组织机构的设置及其人员数量的定额和职务的分配，由财政拨款的编制数额由各级机构编制部门制定，财政部门据此拨款，通常分为行政编制、事业编制（包括参公事业编〔在省考里招〕和普通事业编）以及公益性岗位。"

我手欠搜索了一下某度百科，好久都没看过这么难懂的文字了。认真通读了几遍，方才明白这段文字的意思，就是不管你工作能力高低、工作效率快慢，只要好好背题，通过那几科考试，国家就会花钱养你，等于抱着个铁饭碗，以后你可以高枕无忧了。

国家花钱养我？听起来还蛮划算呢！

我身边有好多朋友，刚上大学，就为能吃上国家那碗饭而努力。什么课外实践、成绩学分，统统与他们无关。因为他们的父母通常就是公务员，他们也好像没别的什么路可选。明明烦考试烦到爆，也要耐着性子参加公务员考试。

一次考不过考两次，一年考不过考两年，两年考不过考五年，总之，他们已经做好了打持久战的准备，直到有一天，荣耀地踏上仕途。

然后，他们就成了父母向别人炫耀的资本：我们儿子整天上班啥事儿都没有，天天光喝喝茶水就把钱赚了，哪儿像某某某家的孩子，考不上公务员，只能去外地独自一人打拼。

哎哟，您真的了解过您儿子的想法吗？

我有个朋友三番五次地对我念叨，她真的很想辞职。据她说，她的工作内容特别简单，说得好听点，她是某个小地方政府某机构的文员，其实，就是每个月开例会的时候，她负责整理好会议记录就成，且这样的会议一个月只有一次。整整一年，她除了整理这十二次会议记录，再无其他值得一提的工作。

她说她刚参加工作的时候，每个月都盼着开会那天。起初她的工作效率特别高。第一天开会，第二天她就把记录整理好了。她领导诧异地看了她一眼，说他现在没空看，等月底再给他，而且她写的字数太多了，写个几百字就行了。

她原本以为自己这种响应速度快、工作认真的人会受到领导表扬呢！没想到，不但没有表扬，反而还被浇了一盆冷水。后来知道别人都不着急，她也就慢悠悠地磨着做。一个几百字的会议记录，她能拖一个月，反正她的工作也不影响别人的进度。

剩余的时间，她就拿来看电视剧，看得她眼睛疼，整天与眼药水为伴；嗑瓜子，把门牙上嗑出来一个豁儿；斗地主，但她牌技太烂，没玩几把豆就没了；上各种购物网站上淘衣服，越看越觉得那些款式惊人的相似……

她基本上谈不上是在工作，只是每天在消磨时间罢了。可怕的是，她还不能选择不上班——那就没人发她工资了。

直到有一天公司来了个新人，也像她当初那么积极主动。公司觉得她负责会议记录的时间够久了，就换她去做月度工资发放情况汇总，哦，那还是好听的说法，其实就是传说中的做工资条。

嗯，她开始和数字打交道了。这个工作能用到的无非是加减乘除四则运算，一个月的工作她三天就做完了。其余大部分时间依旧是虚度光阴。直到有一天，她无聊地翻了翻以前的 QQ 日志——上大学的时候，她是某个作文大赛的冠军；她还是学生会主席；她最爱辩论，当年她带领的那个辩论队，真是风采无限啊。可现在呢，她连怎么把 excel 里面的表格导入到 word 里，还得请教一下新来的小不点儿。毕业五年了，她的工作技能不但没有一丁点儿提高，反而还下降了。

其实她身边的同事也有混得好的。不知道他们哪儿来的那些精神头，就是能提出好建议，主动去优化工作流程，或者承担什么活动，平时聚餐的时候他们也特别活跃，怎么喝酒都不会醉。

而她呢，既不喜欢动脑想那些乱七八糟的活动，也不喜欢在会议上发言，觉得开会纯属浪费时间。如此一来，即便她文笔再好、辩论再优秀又有什么用，她仍然觉得这里没有她的用武之地。还有，她滴酒不沾，说是一喝酒就过敏，浑身起小红疙瘩。

她跟我说她现在的状态真挺可怕的，一旦失去这个铁饭碗，她都不知道该怎么去和那些在社会上摸爬滚打了那么长时间的人去竞争了。她也明白，如果一直这样下去，她也不可能有什么发展，这辈子也就是为了每个月开工资那天而活了。

人生那么短，浪费好几十年在自己并不感兴趣的事情上，我真心为她感到可惜。

我之所以这样说，并不是在抨击什么"铁饭碗"，只是在惋惜我的朋友明明并不适合这个工作，却没有勇气从里面跳出来。她没有认真想过自己到底喜欢什么、适合什么，就听从了父母的建议，匆匆走进了这个行业。等她真的得到了这个工作之后，才发现根本就不是自己擅长的，放弃感觉可惜，坚持又不知道该怎样去迎合，最后只好尴尬地任由它变成"卡门"。

反之，有些人好像打出生开始就是为官场而生的。他们情商高到爆表，不但有组织力、执行力，还善交际、酒量好，领导去哪儿都爱带着，所以职业生涯整个是顺风顺水，平步青云。

所谓的好工作，一定不是别人口中的"好工作"。对于你来说，最好的工作，应该是你感兴趣的工作，你想为之努力奋斗的工作。这种工作能给你莫大的成就感，为了达成某种目标，就算废寝忘食你也不会觉得累。

中国的孩子从懂事儿开始，就在学校接受长达十多年的应试教育，他们除了考试，其他的很少考虑。而一从学校毕业，马上就面临着找工作的压力，搁谁谁都得迷茫。

怕就怕你正迷茫的时候出来个"大明白"，把他理想中的"好工作"建议给你，更可悲的是明明这个"大明白"跟你不是一个年代的人，还强把他那个年代弱到爆的思想灌输给你。

可能大家会觉得，这是为你好，帮你找了个轻松又稳定的工作。

你可能也会感恩戴德，却忘了那句振聋发聩的话："舒服是留给死人的。"

如果你恰好从事着一份鸡肋般的工作，就趁早做个决定吧。

这都什么社会了，三百六十行，你还真觉得月入几万的那个卖猪肉的商贩，不如月薪三千每天还要苦逼加班的你吗?

挣脱那些旧思想的束缚，你应该为你自己而活!

所谓天赋，全都是千锤百炼得来

我真的太羡慕叮当了。

她怎么什么都会啊，工作业务，一点就通。平常不管同事们聊起什
么话题，她都能接得下去。上到国家大事、时政要闻，下到明星八卦、
最新上映的电影，她的脑袋似乎是个超级硬盘，储存的知识无比丰富，
而她调取信息的速度，也让人叹为观止。

有一次，楠楠家的小狗病了，不吃不喝好几天，带它上宠物医院检查，
诊断是感染了细小病毒。医生说得特别可怕，好像狗狗不打针马上
就要一命呜呼了。楠楠就来问叮当该怎么办，叮当说别送宠物医院了，
医院为了多赚钱，有可能会减少单次用药量，好拖延治病时间，增
加用药次数，最后狗狗的病反倒治不好。叮当去医院买了一些不知
道什么名字的药，就去楠楠家给她的小狗输液了。四天以后，小狗

又活蹦乱跳了。据说，如果在宠物医院治疗犬细小病毒，没个三千块钱绝对出不来，而叮当用了不到三百块钱就搞定了。

还有一次，我们一起在朋友家做客，大家一起做饭吃。不知道怎么回事，就把洗手池给堵了，满屋子的人急得团团转。叮当过来看了看，把水池子的水放满，拿了一个空的矿泉水瓶，对着下水口吸了两下，奇迹般的，下水道马上就畅通了。

真是神了！

不光生活小难题难不倒她，就连公司开创意会，叮当也是个创意小达人。真不知道她脑袋里到底装了什么，鬼点子一个接一个地冒出来，有些创意甚至是别人想破脑袋都想不到的。领导更把她当个宝，逢人便说：这是我们公司最有创意的员工。

不光理论过关，叮当的动手能力也很强，干什么像什么。就算今天不会的东西，给她 24 小时，第二天她就能做得像模像样。有次，公司要拍宣传片，请来的广告公司剪出来的样片领导特别不满意。本来，叮当提交的文案创意特别棒，就是怎么剪都剪不出来大家想要的感觉。

第一天大家都愁眉苦脸，不知道工作应该怎么进行下去。叮当也没提出什么解决方法，只是在座位上对着电脑看视频。

第二天上班的时候，大家看见叮当早已经在办公位上了。离近一看，她居然在用 Premiere 剪片子。同事们特别惊讶，纷纷对她竖起大拇指"行啊，深藏不露啊""居然还会视频剪辑！真是一把好手！"叮当忙了整整一天。最后，当她把剪好的片子拿给领导时，一向挑剔的领导居然满口称赞。

所以，叮当成了我们生活中真正的女神。大家看她的眼神充满着敬畏，几乎所有人都觉得她是天才，我们普通"凡人"永远无法企及。

其实，你也能成为叮当，因为她并不是神，她能做的事儿，你也能做到。但是，你也成不了叮当，因为你的身体很诚实——

毕竟，你懒啊！

我去过叮当的家。她家有一面墙的书，对，我没有夸大其词，那是整整一面墙啊。沙发上、客厅里、卧室中，乃至厕所里，都放着各种各样的书，只要你愿意，随时随地随手都能把书拿出来翻两页。书的内容涵盖得非常广泛，毫不夸张地说，你要是有耐心仔细找，母猪的产后护理都有可能找到。

哪来的那么多创意，懂那么多生活知识，你要是读过那么多书，未必会比叮当差。但你觉得读书很老套，可以消遣的途径很多，好看的影视剧、有趣的视频、好玩的游戏层出不穷，相比之下，读书多枯燥、多乏味啊！何况现在是信息时代，随便打开手机、iPad、电脑，连上网络，各种各样的信息足以令你目不暇接。而且，现在生活节奏那么快，谁有那个耐心坐下来安安静静地读完一本书啊！

行，那就把书先抛到一边儿，说说其他的。就说那天的视频剪辑吧。其实，在出现问题的第一天，叮当对 Premiere 也是一窍不通的。只是，在别人吐槽老板眼光怎么那么刁、工作该怎么往下进行的时候，她却开始认真地学习如何使用这个软件了。

白天在单位初步了解后，当天晚上下班回家，叮当又直奔电脑，立刻就下了个 Premiere 接着研究。遇到不懂的地方，就在网上向自己那些学后期制作的朋友请教。自己摸索，再加上高人指点，折腾了一个通宵之后，第二天，她已经可以自己剪辑了。

一个晚上就学会了一种软件，听起来根本不是普通人能做到的。叮当肯定是具备了超人的天赋，特别的聪明和优秀。停！不要再把优秀者的一切成就都推给天赋了！当你们为叮当精彩的剪辑惊讶、鼓掌的时候，看见她像野兽一样通红的双眼了吗？两天一夜通宵不眠地在电脑前连续坐了 30 个小时，这种工作强度，有几个人注意到了呢？

很多时候，普通人嘴里的天赋，真的只是那些优秀者的努力。我们之所以不认为人家的努力是努力，是因为他们的努力不像普通人一样常常是临时抱佛脚，而是一种长期的积累、持续不断的千锤百炼。他们在漫长的时间中对各类信息长期保持着关注，以至于自然到成为一种不被人注意的习惯。

高中时代，我们学校的高考状元跟我同班。得知他得了高考第一名后，我们县报纸、电视的记者，包括教育局的领导都来了，对他进行了各种采访、报道，最后把他包装成了一位学霸，就好像他从出生开始，就注定会成为高考状元一样。

有篇新闻报道是这样写的：同学们都觉得他是个特别聪明的孩子，别人解不出来的难题，他只要看上一眼，马上就能列出好几种解法。他的爸爸妈妈都是人民教师，大概这就是所谓的"天赋异禀"吧。

读完以后，我真心无语。天赋就等于高智商吗？我所知道的是，他平时不太爱说话，没事就做习题。之所以"看一眼，就能给出好几种解题方法"，是因为他已经做过大量的同类习题，熟悉那类题型的所有解题思路。至于父母都是教师，对他肯定是有影响的，当然这种影响未必是在基因上，而是在后天教育上。他可能比别人更容易获得教育资源，遇到不会的难题，父母随时随地都能帮忙解答，但这只是外部的有利条件。

在我看来，他的成功主要还是靠他自己。从小学到高中，他养成了专注学习的习惯。不论是在什么环境下，他都可以安静地将注意力集中在学习上。我曾见过他在商场的椅子上读书，而且读的是在我眼中十分枯燥的物理课本。我问他为什么不在教室学习，他微笑着说："我就是专门来这里锻炼自己在嘈杂环境中保持专注的能力的。"

拥有这种自觉锤炼自身能力的天赋，才是他最后远远胜出我们的原因。

所以，没有谁"天生不是那块儿料"。你想成为什么料，你能不能成那块儿料，谁说了都不算，只有你的努力说了算。

我曾经认识一个生性害羞的女生，暂且叫她小内向吧。她跟人说话大气都不敢喘。开会的时候，让她说一下自己的观点，她的声音比蚊子还小，好几次经理都必须让她重复一遍，大家才能听清。我们年终述职，小内向低头念述职报告，在几十个熟悉的同事面前，她的声音还是颤抖的。

可是，工作中总免不了要与人沟通。小内向每次都给对接人发 QQ，发微信，有时候她跟别人描述一件事情宁愿打好几百个字，也不愿意给那人打一个电话，这让看微信的人也很无奈，本来三言两语就能说明白的事儿，他们还得看一篇长长的作文。偶尔客户直接给她打电话沟通，电话铃一响，她就像受了惊吓一样，忐忑地等着客户自己挂掉。实在躲不掉了，接起来电话后，她也是前言不搭后语，显得很紧张。

可是万万没想到，当初那么害怕与人打交道的小内向，现在已经成了我们公司全年的销售冠军，她一个人创造的业绩比倒数后十名加起来都多。

有时候不得不感慨：生活真是一把整容刀，你哪里不行，它偏偏就要切向哪里。

小内向本来应该一直这样内向下去的。她是独生子女，小时候整天被父母锁在家里，基本没怎么和外界接触过，所以她才不太擅长跟人交流。去年年初的时候，小内向请了半个月的假，回来就提出了辞职。好像是家里出了什么变故，养家的重担全部落在她一个人头上了，而且家里还特别需要钱。她觉得她现在赚的钱太少了，想换一份高工资的工作。

我们领导也是个好人，她跟小内向说："现在也就销售最赚钱了。我们公司也有销售岗，如果你愿意，可以试试转岗。"毕竟小内向也为公司服务了这么多年，现在家里有事儿，公司有什么能帮上的，也想为她做点儿什么。

领导说得很诚恳，最后，小内向就成了公司的一名销售员。迫于生活压力，她开始尝试改变自己。从排斥跟人说话，到主动与人沟通，抓住顾客心理正确推销产品，小内向经历了什么，我们可以想象，却未必能想得出来。

没有一个人觉得小内向有销售天赋，但是她的业绩却把那些有天赋的销售人员都给比下去了。这是个再励志不过的故事。而她最后的成绩，其实都来自于她暗地里下的那些千锤百炼的功夫。当你选好了自己努力的方向，不妨也先这样努力试试看。

升级圈层，不必强融

年薪五万的你，永远不知道年薪百万的人，都在朋友圈晒什么。

巴豆跟我说，她想关闭朋友圈了。因为她的那些朋友们天天晒的东西实在是太 low 了。出去吃个饭要晒，看个电影要晒，买个一千多块钱的衣服要晒，还有什么中老年养生常识推送，一刷一屏幕。再加上那些晒娃的、搞微商的，屏蔽了一批又出了一批，现在都不知道微信到底是社交平台，还是交易平台。

那巴豆的朋友圈都发些什么呢？我上去看了一下，也无非别人晒的是等地铁的时候，她晒的是开车堵在几环了；别人晒终于入手了一件 Vero Moda 的外套，她晒了刚买的 DW 手表；别人晒去哪儿旅游了，她晒去美国出差；别人晒电影票发影评，她晒了下和某明星聚餐的照片。

感觉也都还好。巴豆的生活水平，明显比她的朋友圈高一些，但和普通人的生活圈子基本也是大同小异。偶尔接触几个比她高一些层次的人，她也是迫不及待地要分享给她的朋友们的。

虽然巴豆瞧不上那些经济水平不如她的人，确实有点不太礼貌，但是她在原有朋友圈的基础上，想要接触更高圈层的想法，我还是比较欣赏的。

人往高处走，有上进心是好事儿。这个社会太大太复杂，想走到金字塔顶端，光靠一个人的努力是远远不够的，必须金字塔各个阶层都有"你的人"，这样"登顶"才能游刃有余。

可是，巴豆虽然有升级圈子的愿望，却没有付诸实际行动。单纯吐槽自己目前的朋友圈有多 low，对提升自己的圈层是没有任何好处的。你觉得你现在的朋友圈很 low，但你仍然跟他们处在同一个水平，这只能证明，其实你也很 low。

以前公司招了个刚毕业的小姑娘，性格活泼开朗，我也挺喜欢她。后来她就跟我说："姐姐，我看你认识好多经理、老总，感觉你特别厉害，你能把我拉到你的圈子里去吗？"
我大概能懂她当时的心理状态：刚毕业，身边的圈层都是原来的同学，大家的层次相当，水平相近，彼此之间也谈不上什么帮助。而她非常有上进心，特别想尽快融入社会。我就跟她说："你别着急，从你身边的同事开始，慢慢你就能进入自己的职场社交圈。在工作的过程中，你会接触到形形色色的人。选择跟你志同道合的，自然就升级了你的朋友圈。"

如果当时我就把那个小妹妹介绍给某某老总，她连自己负责的工作都没了解清楚，又能和老总有什么共同语言，有什么可聊的呢？想必老总也会觉得莫名其妙。所以，靠关系把自己生拉硬拽地塞进另一个高一点的圈子，那是非常不现实的。

所以说，圈层不是你想升，想升就能升。

说升级圈子不是什么难事的，往往是已经有了一定地位、拥有一定实力的人，对他们来说，凭借手里的资源或能力，想要融入某些圈层的确不是什么难事，只需要一个契机或者动机就可以了。不然，你就是一个本身还处在较低层次的圈层中，却没有认清自己的位置，只是自我感觉良好、自说自话的人。真实的圈层升级，并不是一件手到擒来的事。它需要的是你个人能力和资源的全面跃升。毕竟，在讲求实际的社会中，更高一级圈层向你要求的，就是足以跟它匹配的实力。

我每接触一个新环境，都会有点儿小恐惧。小升初，初升高，高中升大学，大学到工作，工作到换工作，一想到马上就要离开我舒适的圈子，重新结交一群我不认识的人，我就会对未来的不确定性感到胆战心惊。

尤其是大学毕业的前一年，我刚刚参加完毕业实习，因为实习期间听那些老员工过分渲染了职场的人际关系有多么复杂，大家都只认利益不认人，所以不由担心，自己这种傻天真的白羊座，将来真的上了职场，会不会被大家把骨头渣子都嚼嚼吃了？

大学的时候我混得多好啊——身为校园杂志主编，各个社团的头头都跟我是好朋友。学院的辅导员、老师，都跟我熟得不能再熟了。在学校里，我想办点什么事儿，就是打几个电话的问题。说句不害臊的，如果学校是个社会，那我怎么说也是在上层社会圈游走的人啊。

所以，一想到初到职场的状况，我就不寒而栗。曾经的光环变成了浮云，身为应届毕业生，公司肯定没有比我职位甚至年龄更低的人了，我只是个可怜的小喽啰。跟同事沟通有代沟怎么办？没人愿意理我怎么办？工作不知道怎么做怎么办？早上八点上班起不来怎么办？万一的万一，没有公司肯要我怎么办？

刚开始正式找工作那几天，晚上我根本睡不着觉，脑子里翻来覆去就是这些问题。直到有一天我真的找到了工作，进入了陌生的环境，果然有点儿不知所措。起初我跟同事真没什么可聊的，后来，我晚上回家的时候，就特意去看了看她们白天闲聊时提起的综艺节目，搜索了她们感兴趣的化妆品品牌，更重要的是，我挑灯夜战，学会了我们行业中的很多专业知识。

不久以后，我就可以轻松地跟她们聊起工作计划，对她们追捧的品牌发表一些见解了。经历了之后才发现，只要你肯付出努力，那么融入一个圈子就是一件 so easy 的事。

升级圈子，绝不是一朝一夕的事。当你的能力达到自己想要进入的圈层的要求时，它自然而然就会接纳你了，甚至你自己不想加入都不行。但是，切记：所谓的升级圈层，绝对不是形式主义。

我曾经遇到过一个怪人。他是我以前公司里不同部门的同事。听说他从小到大，每到一个新圈子，就会跟旧圈子的所有人告别。本来我跟他关系还不错，以为那些都是传闻，也并未在意。直到有一天，我因为有事就给他发了个微信，结果系统提示我，我已经被他拉黑了。第二天我才知道，原来他前几天就离职了，电话号码也换了，再问问周围的同事，都是和我一样的"待遇"。后来，我和另一个朋友在聊天的时候，谈起过他。据说他这样做的目的，是要和过去的所有人划清界限，每个阶段都要迎接新生活。在我看来，这种做法实在是太傻了。把升级圈层搞成跟过去一刀两断，可能是有点走火入

魔了。你这么形式主义，真怕未来某个阶段你动不动就换新老婆，再过个阶段说不定还要换个妈。（开个玩笑）

人生有无数个圈层，升级圈层应该是一件一直在做的事。那么，什么时候，你该升级自己的圈层呢?
当你在一个圈子混得风生水起，已经成为领袖级人物，你周末无聊提议一件事，马上就有人热情响应的时候——恭喜你，你已经在这个圈层修炼满级了。
现在马上升级你的圈层吧，否则你就 out 了!

愿你能为想要的事业
坐得了冷板凳
愿你能为想要的爱情
去得了天涯

坚持梦想
朝着自己想去的方向
大踏步前进吧

第二章

世界是自己的
跟别人毫无关系

世界是自己的，跟别人毫无关系

你身边有没有那些婆婆妈妈的人，一天到晚就喜欢评论别人的生活，别人一过得舒服他就心里难受？

有一类人，见不得别人过得好。别人只要有一点儿值得高兴的事，这种人就以迅雷不及掩耳之势凑过去，以 Ta 看似专业的学识和见识，丰富的"人生经验"，做出一副"我都是为你好"的样子，开始"头头是道"地帮你分析起来。

你找了个特别帅的男朋友

哎哟，恭喜你啊。不过你得好好想想，那个男的那么好看，为什么
会选择你呢？他是不是家庭负担太重啊，他家有几个孩子啊？什么？
这你都没问过，你傻啊！或者他是个gay？赶紧调查他的朋友圈啊！

你找了个好工作

哎哟，恭喜你啊。不过这工作待遇怎么这么好？小心工作量大！
小心加班！小心让你出去陪酒！小心这个公司是新开的，万一做
不好，过两个月你就失业了！不行，你社会经验太少了，你一定
要睁大眼睛好好看看这个公司！

你辞去了工作，注册好了公司，准备创业

哎哟，恭喜你啊。不过你知道现在的市场经济有多么不景气吗？
我知道的好几家公司都倒闭了。我的好朋友，对，就那个谁谁谁，
上个月被公司裁员了。还有那谁，辞职之后到现在还没找到工作呢。
你在这个时候开公司，真是难为你了，小公司现在都被大公司吞
并了，要我说啊，你还是老实找个工作得了！

你刚买了房子，搬了新家

哎哟，恭喜你啊。不过你竟然现在买房子，啧啧啧。现在房价都涨成什么样子了，眼看就要 hold 不住了，以后肯定要崩盘啊！你居然还买这么好的地段，总房款这么高，真是可惜了。你看你这户型，才八十平米还不通透，你咋能买这种房子啊！

这种人一张嘴，就像全身自带冷水系统，见到活的东西就想给它浇灭了，见到热的东西，马上就想给它浇凉了。听得多了，你都快怀疑自己的判断力了：

难道我找错了男朋友？

难道我这份工作找得不好？

难道我不应该创业？

难道我现在不应该买房子？

本来挺好的，听这种人说完话，心情马上低到谷底。

对于这种人，我只想说：你嫉妒心爆棚了是吧？看到别人过得好，你自己心里痒痒是吧？痒，你就自己挠自己啊，你挠别人干吗呢？

心理强大的人，看到他这种雕虫小技，嘴上嘿嘿一笑，心里早就开骂了。遇到涉世未深的，说不定就把那些话放到心里去了。可是，如果你真在意这些话，就跟把别人丢掉的垃圾捡回来放进自己家里一样傻啊。

记住，你的幸福，是你的。你觉得现在很幸福、很快乐，那就大声、放肆地笑，至于别人爱说点啥，不嫌累就让他就说呗，就算他说得对，但千金难买你乐意，对吧？

你的世界，应该由你自己做主，好坏自己承担，与别人毫不相关。

烦人程度能和这种喜欢评论别人生活相媲美的，还有一种人，就是那种看上去对你的生活毫无兴趣的人。实际上，他们是对所有人的生活都不感兴趣，包括他们自己的。
这种人出现在社会上，实在太可怕了，简直就是毒瘤。

你一天写了八个报告，在下班前完成了任务，成就感爆表

可是，你写报告的时候，身边的二十来个人，每个人都捧着一大包零食，悠悠然地看了一整天的电视节目。快下班了，他们才东

拼西凑地出一篇报告交了上去，然后看着旁边貌似打了鸡血的你，像看怪物一样。连续几天都如此，然后你就蒙了。

你才入职一年，一个任务落到你头上。你熬夜加班呕心沥血地完成了，你成了公司里能够独自完成这类活动的最年轻的人

可就当你在朋友圈里晒凌晨的打卡记录的时候，下面的评论满是"天啊，这么晚了你还在加班""天啊，你有加班费吗""天啊，这样不违反劳动法吗"……他们平时的朋友圈，晒的都是悠闲度日的情景，甚至还有人在你最忙的时候给你发个微信表情，你出于礼貌回了句"有事儿吗"，人家说"没事儿，我太闲了，就是想闲聊"。

靠，浪费生命！

你有早起的习惯，六点钟必须起床，大学四年都是如此。

起初，你的室友跟你一样，带着满腔的热情，参加社团，参加晨读，去图书馆，去自习室，好像真正要"上"了大学一样。慢慢地，大一大二过去了，终于，大学成功地"上"了他们。以前他们起

得比你都早，现在，你六点种起床的时候，他们偶尔会翻个身，露出哀怨的小眼神，似乎在责怪你打扰了他们的美梦，然后接着沉沉睡去，别说晨读了，就连第一节课他们都很少去了。大四的时候寝室夜谈，他们酸酸地说，寝室里就你一个正经人。而你这种没翘过课的人，根本不算读过大学。

所以呢，这些单纯的小朋友们，不由得怀疑自己的价值观，是否出现了问题。自己的习惯，总是和别人格格不入，是不是自己的处事方法出了问题呢？要不要去迎合大家呢？

你说呢？难道因为你身边都是 loser，然后你就强迫自己也变 low 吗？

如果大学是用来翘课的，那所谓的"知名企业家""某某，还有某某某"，现在也只是路人甲而已。这些大道理不说了，就举几个最简单的例子吧，如果本科生全都以睡觉为学业，那永远不会有名牌研究生。如果一个公司的所有员工都在喝茶、看电视剧、打 lol 的话，那么你眼前那个开着豪车、挽着娇妻的老总，就不可能是你的领导，或许他和你一样，只是个码农。

除了少数天才之外，很少有人一出大学校门，就马上创业成功，财源滚滚的。他们也曾经像你一样，是文案狗、广告狗、程序猿，是整天加班加到哭着喊"妈妈我爱你"的普通员工。为啥他们现在就能让你仰视，在你还在你的岗位上做螺丝钉的时候，人家已经功成名就了？

因为他们和别人不一样，他们知道自己想要的是什么，在别人喝着香喷喷的奶茶的时候，他们选择的是一点儿糖也不放的苦咖啡。虽然所有人表面上可能都不说什么，但肯定有人心里嘀咕：这个人完全是自虐啊，真是个 SB。
你没想到的是，下午突然开会了。喝奶茶的"聪明人"们昏昏欲睡，只有那个人们眼中的"SB"，精神抖擞，思维清晰，能够跟得上你们那位奇葩老总的百变思路。
结果呢，你懂的。

道理很简单，谁都能看懂。你的世界是你自己的，你对自己负责就好。

工作如此，生活亦如此。
曾经跟我一起合租的室友，是个二十多岁的单身小姑娘。她条件不错，肤白貌美的，工作好，家庭好，学历高，自然眼光也高一些。有一天，我们知道一个共同的好友，叫小米的，大学一毕业就结婚了，现在已经怀孕三个月了。

室友说："天啊，她居然这么早就有孩子了！怎么办？她自己都只是一个孩子呢。当初毕业的时候，我就跟她说，女孩子要眼光高一些，社会上什么男的没有啊，非要那么早结婚。两个人结了婚，还一起在北京漂泊。小米娇生惯养的，怎么可能受得了北京那么大的压力？你说，就凭她老公一个月六千块钱，在北京还要租房子、日常开销，能活得下去吗？还有，结婚至少得有套房子吧，要不这小两口怎么办，继续住出租屋啊？唉，他们连房子都买不起，怎么就要上孩子了？"

但我听小米说起室友，和室友的想法恰恰相反。
她说我室友也老大不小了，怎么现在还没有男朋友啊？身边连个知冷知热的人都没有，就算事业再成功，以后也不能守着钱过日子。不管怎样，总得先有个家，就算没有房子、票子，只要一家人幸福地生活在一起，人生就是圆满的。要那么多钱干什么，生不带来死不带去的。她说她觉得我室友真可怜。

这两个人也够为对方操心的了。这个世界上，很多人喜欢关注别人的生活，其实，不管别人生活得怎么样，那都是别人的酸甜苦辣。

生活没有对错，对你而言，只有是否足够精彩。

别人怎样是别人的是事，与你无关。
你怎样是你的事，与别人无关。

我并不是在倡导冷血无情，倡导漠不关心，而是说一个人的世界，
实在是太丰富、太精彩了，我们通常展现给别人的，只是一个片面。
别人不可能完全懂我们，我们也不能百分百懂别人，大家的追求
不一样，所以，我们只需要过好自己的生活就行了。

抛开其他人的眼光，不要去听那些闲言碎语。想做什么，想实现
什么，大胆去做，勇敢去想，你的世界是你的，与别人毫无关系。
不需要被别人的看法左右，朝着你自己的目标迈进，你终究会成
为自己最欣赏的那一类人。

你的人生，不需要被任何人设计

你和木偶相比，就差了两条线。

你的人生老被人设计，那得有多可悲。

狗血的家庭伦理电视剧里老出现这样的剧情：强势的父母逼着孩子做这做那，要孩子必须考清华北大，要孩子必须按照他们心中想要的标准娶或嫁，要孩子毕业必须去做公务员，要孩子必须在 28 岁前就生出下一代……

我说，那只是影视剧里生造出来的戏剧冲突而已，不然剧情没法看。

现实中哪有如此不近情理的父母呀？

喵喵幽怨了看了我一眼，说："怎么没有？"

对，我把她忘了。

喵喵三十五岁了，刚从上海回来，工作了十年，现在单身。

她绝对有一双超爱为她设计人生的父母，她也是我见过的最轰轰烈烈的"反设计"案例。

喵喵出生前，她妈妈就特别兴奋，看到她第一眼的时候却愣住了，因为她是个女孩儿。她妈倒不是重男轻女，只是一直以为自己要生个男孩儿，所以一切东西都是按男孩儿的标准准备的，包括名字。

喵喵大名叫王嫣然，其实她妈想遵从最初的意愿，管她叫王超能的。不知道是否那时她就有一种反抗精神，据说当时只要一听到大人们提到她的名字她就哭，撕心裂肺地哭。后来她爸就说，再让爷爷给她取个名字吧，小姑娘叫男孩儿的名字是不太好。

然后，"王嫣然"这个名字就出现在世界上了。她经常说幸亏当时她反应快，不然现在岂不是跟洗衣粉撞名了？想想还真是好险。

喵喵的妈妈身高一米七，一般来说，高个子女人的身体柔韧度不是很好。她老妈从来没跳过舞，因为手长脚长，做团体操都会被旁边的人嘲笑。于是从喵喵五岁开始，她妈就送她去舞蹈班，想让女儿来弥补自己当年的遗憾。

可是喵喵并不喜欢跳舞，她喜欢的是音乐，哪怕你一首歌一直单曲循环，也能让她安静一整天。可一说要上舞蹈课，她就哭得梨花带雨，根本停不下来。几次下来，舞蹈班老师就打电话过来了，说这不行啊，还没见过哪个孩子能连哭三个小时的。被老师遣送回来几次以后，喵妈只能作罢，又给喵喵改报了钢琴班。这一次，喵喵不哭了。每次上钢琴课，别的孩子都是愁眉苦脸的，只有她神采飞扬。甚至，有时候下课了她还赖在教室里不肯回家。钢琴十级，别人的终极奋斗目标，她十几岁就做到了。

厉害了，我的喵！从此，她承包了学校大小晚会的压轴节目，她老妈也乐得像朵花。

高中之前，喵喵的日子过得挺滋润的。可上了高中以后，喵妈就不让喵喵再碰钢琴了，说是让她专心准备高考。这次喵喵听话了，毕竟家里条件一般，学艺术太贵了，就只好暂时忍痛割爱了。

到了高二，要文理分科了。作为一个外人，我看着喵喵跟父母的决斗，简直就是一场噩梦。喵妈觉得学文科没用，让喵喵学理，而喵喵对理科是深恶痛绝，就像当初反对学舞蹈一样。为了学文，喵喵"一哭二闹三上吊"的戏码都使上了，甚至还为此离家出走好几回。

母女二人僵持不下，喵妈不惜以死相逼。她当着喵喵的面，服了一瓶安眠药，以示决心。喵喵含着泪，从自己书包里拿出两瓶安眠药，拧开就往嘴里倒。喵妈一看就急了，赶紧拨120，娘俩一起在医院洗胃，把医生都给搞蒙了。

拗不过女儿，最后妥协的还是喵妈。喵妈最后哭丧着脸对喵喵表达了她的无奈，说她其实也是为了喵好。现在社会竞争这么激烈，文科学的东西看上去虚无缥缈的，怎么都不像理科那么接地气。她是真怕喵喵将来被社会淘汰啊。

喵喵说她没见过社会到底长啥样，但是大人们都说挺恐怖的。如果生活每天真的那么水深火热，那再不干点儿自己感兴趣的事，还让不让人活了？喵妈叹了口气，说罢了，你随便吧。

喵喵的记忆力和理解力是真心好，如果她不学文，连我都会觉得白瞎。最后她考上了一所不错的综合大学。到了大学毕业该找工作时，这对欢喜母女又不淡定了。

喵喵心比天高，想出去闯荡一下，也好见识一下世面。而喵妈早就为喵喵在家乡托关系找了份银行的工作，说什么都想让她回家。

喵妈说，女孩子一个人在外面太辛苦，而且也没有必要那么拼。还是回家老老实实地工作，喵妈有能力给喵买房子、买车，她甘愿被啃老，也希望女儿能陪在她身边，别在外面受那么多罪。

喵喵理解喵妈的苦心，可是不得不再次让她失望了。因为她觉得祖国真大，真漂亮，她还有那么多的风景没看，实在不甘心永远蜗居在一个小城里。她背起行囊，远赴上海，开启了她的寻梦之旅。

在外面有多苦，漂过的人都懂。不仅是经济上的，还有心理上的。喵妈怕她在外面没人照顾，又开始催她赶紧找个男朋友。她动用了自己半辈子积累下来的所有资源，给喵安排各种相亲，意料之中的，这次得到的回报，又是喵的不领情。

喵喵说，自己一个人生活得好好的，有吃有穿，工资能够撑得起梦想，干吗必须像例行任务一样非得找个男朋友？恋爱，恋爱，难道不应该因为爱才去恋吗？

三十五岁的喵喵，看起来特别任性，想必喵妈也很无奈。从小到大，发生在喵喵身上的所有大事儿，几乎都是按照喵喵的意愿做的决定。喵妈有时候会羡慕邻居家那双"特别听话"的儿女——靠家里走后门上的大学，毕业后又靠家里托关系进了老家的事业单位。虽然买房、买车、结婚一路上都得老人贴补，说起来有点儿没出息，可是好在孩子就在身边啊！

可这又有什么不好呢？这才是属于喵喵自己的人生啊！

如果她当初强迫自己学了舞蹈，可能没有舞蹈天赋的她，只是浪费了童年；

如果她当初学了一点儿都不感兴趣的理科，可能连个像样的大学都考不上，更别提以后能如鱼得水地工作了；

如果她当初选择接受喵妈给自己安排的工作，可能她下半辈子都不甘心，每个月只能数着有限的工资过活；

如果她当初接受了没有感情基础的婚姻，可能她现在已经变成充满怨气的家庭主妇一枚。

真庆幸人生没有那么多如果，也羡慕喵喵有勇气左右自己的人生。

毕竟这世界上，有很多人没有勇气为自己的人生负责。他们为自己寻找着各种各样的借口，服从着别人的设计，安逸地活在别人的人生规划里。

而这样的一生，岂不是白活？

你的生命，你的名字，都应该被赋予只属于你的意义。你应该有能力为你的人生打下属于你自己的、独一无二的烙印，让它闪耀着你自己独特的光芒，永远不会跟其他人混淆。

就像喵喵这样。

所谓美好人生，都是争取来的

你以为你是千里马，伯乐就必须围着你转，但残酷的现实总会告诉你，虽然伯乐不少，千里马却更多。跟无数匹千里马站在一起，你并没有什么不同。伯乐根本顾不上多看你一眼。

那怎么办？闷头接着努力提高自己，争取做一匹最特别的千里马？

这样也许有用，但等你修炼成功的时候，很可能十年都过去了，伯乐早已走远了。

所以，光想着提高自己也不行，你得让别人看到现在就是千里马的你。

你可以穿上四只靴子走到伯乐面前，让他发现你的独特。

你可以主动在伯乐面前发足狂奔，让他发现你的速度。

你可以为他跳一次盛装舞步，让他发现你对音乐和舞蹈都颇有研究。

……

机会虽然多，却不会从天上掉下来。所以，你该想尽办法去争取。

争取？那太掉价了啊，还有可能得罪人。中华民族几千年的美德告诉我们，做人一定要谦虚，谦虚！领导问这个活动谁想做，要问三遍没人应和，你才能吭声。如果你马上跳起来说你行，你能做，你觉得你可以，那显得你多欠儿登啊，就好像在座的那么多人都不行一样，别人都等着领导分配任务呢，你突然窜出来上赶着追着任务跑，你这个姿态，可真是"不太好看"呢。

我以前就有过这么一个"不顾姿态"的同事。

我做编辑的时候，有段时间，公司准备开一档新栏目。这个栏目要求编辑贴近读者，走到读者中去，帮助有困难的读者做一些事情。回来之后，再把这段有意义的经历编辑成稿件。

其实我特别感兴趣。我对一切故事都超级感兴趣，所以现在才有这么多故事可讲。开例会的时候，当部门经理第一遍问谁感兴趣的时候，我犹豫了一下看了看周围，好像没有谁想表达自己的想法。我心里就默念，如果领导再问第二次，我一定说我来试试。

结果，根本没给我第二次机会。沉默了几秒之后，我的一位同事主动说她想试试。我一听有点儿急了，就说其实我也挺感兴趣的。最后的结果是领导不想打消任何员工的积极性，就把这明明可以一个人独立完成的工作，交给我们两个人来负责。

因为是她先申请的，所以由她主导，我来辅助。

我有点儿不甘心，明明两个人能力相当，凭什么我就要当绿叶。但既然是自己特别感兴趣的事情，做起来还是很有动力的。我们两个不管遇到再怎么恶劣的天气，也坚持去拜访读者，那时候刚参加工作都还买不起车，即使室外是零下二十多度的天气也还是要挤公交，因为路途遥远，挤上去一站就是几个小时。而很多读者甚至不知道我们是干什么的，对我们抱着怀疑的抵触态度，有时候难免被人拒之门外，那感觉也挺不好受的。采访回去，还要写各种策划方案、报表，经常一加班就到后半夜，加上我俩都是那种只要做一件事就必须得做漂亮的人，所以这种超负荷的工作量一直持续了好几个礼拜。我们的努力没有白费，没想到，最后真把那个版面做火了。

后来，我们做的版面在全公司进行推广，为了做好这件事，公司还专门成立了一个部门。结果她就成公司里的红人了。接下来，所有的表彰大会、光荣榜、优秀评选之类的，她都是最先被提名的。谁一见到她就说，看见没，就是她，XXX 活动的发起人。

嗯，没错，他们提到的，只有她一个，没有我。

按理说我应该觉得不公平，可实际上，这也无可厚非。任何活动的发起人当然只有一个，除了我这个当事人，谁会记得这个活动是两个人办起来的？

战场上，第一个冲锋的战士是标兵，随后跟上的，只是泯然于千军万马之中的普通战士，没人关心你是第几个跟上的，第二个和最后一个，并无差别。

从那以后，只要我觉得值得去做的事，就马上给自己争取。这种给人做嫁衣的傻事儿，我是再也不想去做了。主动向前一步，发挥自己所有的实力来顶起一片天，这种事儿，真的做过一次，你就会上瘾。

如果你觉得主动争取有点儿丢人，那只能证明你的思想已经老得发霉了。前段时间美国总统大选，那些总统的竞选者们到处演讲，四处游说，可能你出门买个菜的工夫，都能看见未来的总统正在你的小区门口发表他上任之后的宏伟计划。

总统都不感觉丢人的事儿，你感觉丢人，那只能证明一点：这件事根本就不丢人，只是你胆小，你怕。

你怕自己争取了，却得不到；

你怕自己被别人说爱慕虚荣，争强好胜；

你怕争取到手却不能完美胜任，最后把事情搞得一团糟，无法收场……

怕是正常的。毕竟每次争取，都意味着我们要走出自己的舒适区。不再是做我们唾手可得的事儿，而是做那些需要自己跳起来用力去够还有可能够不到的事儿。

可是，太在意别人的眼光，太在意最后结果的成败，会让你的生活停滞不前。

人，总是在面对未知事情的时候，才会感到恐惧。

如果有人问谁能给他倒杯水，可能你马上就去帮忙了。倒水嘛，人人都在做、每天都在做的事情，你不用犹豫就坚信自己能做好。

如果有人问下周公司举办文娱活动，谁能出来当主持人。口才好、头脑灵活却从来没做过主持人的你就会犹豫了：挺想去，可又不敢去。别人可能比你做得更好，但这是一次很好的机会，去不去，去不去？就在你犹豫的过程中，别人主动去了，你白白错过了一次试练主持工作的好机会。

文娱活动当天，坐在台下的你，心里很不是滋味吧。看着台上那个闪闪发光的主持人，你觉得她吐字不如你清楚，普通话不如你标准，还比你矮、没你白，临场发挥也不怎么样。

那又如何？人家就是比你有勇气。你的专业素质再好也没用。

朋友们一起去 KTV 玩，因为人多，明明歌喉不错的你，就是不好意思点歌。结果有人点了一首你最喜欢的歌，却唱得各种跑调。当时你就想，你唱得比他强多了。

那又如何？现在大家的目光，可没聚焦在你身上。

我特别想不通：真心想做的事情，为什么会不好意思争取？如果你有能力、有意愿，但凡你有一丁点儿信心，都应该去试试看。就算这件事你从来没做过，就算最后的结果不太理想，那又怎么了？你第一次做，谁都会对你宽容。

况且，世界这么大，人人都很忙，其实根本没人有空真的花那么多时间关注你，记住你的光芒或窘态。

或许你在讲台上紧张得说不出来一个字，但你想想自己在台下做观众的心态，是不是把主持人的每一个错误都记住了？其实很多人大部分时间都没特别专心在听。所以，说错就说错吧，不用紧张，下次改进就好！

这个时代，最不缺的就是机会。都说机会是给有准备的人的，我倒觉得机会是给有勇气的人的。机会需要你上前用手抓住，别妄想它会像传说中的那只傻兔子一样主动撞到你身上。毕竟，等待机会的人，比等待兔子的树桩子多太多。在机会向你靠近的过程中，如果某人稍微主动一点，很可能你就被截胡了。

别缩在象牙塔里哀叹生不逢时、怀才不遇了，大胆向着想要的机会出击吧！距离美好，你就只差了一丢丢勇气而已。

姑娘，千万别让渣男伤了你

世界上所有的渣男都有这三个特质：只要沾上他，就会伤钱、伤身、伤感情。

闺密遭遇了一个渣男，典型的，这三样对方都占了。我觉得有必要说说她的故事，让那些自欺欺人的姑娘们醒醒，别最后失钱、失爱，又失身。闺密哭天抹泪地跑到我家的时候，已经是后半夜，那天正好下着大雨。大雨加上眼泪，没有比这个更让人觉得悲惨的了。最让我诧异的是，她身无分文。

不用说，她又被那个男的伤了。

别，说"伤"是好听的，确切地说，是她又被骗了。

那男的就是冲着她的钱来的，这谁都能看得出来。闺密一个月月薪税后一万，在这个城市有房子，每月不用付租金，认识渣男的时候也小有积蓄。

现在，她房子卖了，银行卡空了，信用卡每个月还会提醒她欠款的数额。

我跟她说无数遍了，那男的就是诈骗，应该去法院告他。

闺密一边抽搐着哭泣，一边连连说："不能这样，他一分钱都没有，还背着外债，真要把他告了，他就走投无路了。不管怎么样，我都爱他。"

"真伟大的爱啊，被洗脑洗得够彻底啊。有本事你现在别来我家住啊，抱着你的爱睡你的大马路啊！"听她这么说，我是又心疼又生气。

闺密看我对她一副"恨铁不成钢"的样子，再不说话，哭得更厉害了。

简单介绍下事情的经过吧。闺密在一次徒步活动上认识了这个渣男，两个人很投缘，不久就确立了恋爱关系。渣男穿着打扮挺绅士的，谈吐举止也还可以，但我第一次见到他就感觉怪怪的，说不上来到底哪里不对劲，只觉得他眼神特别贼。

后来他们就住在一起了，当然住的是我闺密的房子。开始的时候，他说他在一家世界五百强公司里做市场经理，闺密也就信了。过段时间，他又说他几个哥们儿想去创业，他想跟着试试。当然，他说得特别好听，他说自己作为一个男人必须要有担当，要给闺密最好的生活，不能为别人打一辈子工。他们以后肯定是要结婚的，等闺密有了小宝宝，就让她在家做全职太太，他的女人是不需要工作的。闺密傻啊，听到这些甜言蜜语，真的就信了。渣男说他自己投了二百万，但还差一些。闺密就傻乎乎地把自己的几十万都交出去了，说要支持他创业。那段时间的生活费，一直是闺密出的，渣男说他把自己所有的积蓄都投在创业项目上了。

我当时感觉不太对劲儿，就跟闺密说，你去他公司看看，到底他创业是做什么的。闺密笑着说怎么了，他还能违法啊？看她不去，有一天我跟闺密和渣男一起吃饭，就开玩笑地跟他说，什么时候一定要去他公司参观一下。

渣男当时的反应真的出乎我意料，他说，现在是创业初期，公司布置得很一般，我们非要去他公司看，难道是特意让他下不来台吗？

这话说的，我一时倒真不知道该怎么接了。他的反应其实很不正常，情绪太强烈了。可是恋爱中的闺密不但丝毫没有察觉，还一边向她男友道歉，一边数落我说话不顾及别人感受。

这渣男确实有本事，把一向聪明的闺密，唬得五迷三道的。恋爱中的女人智商为负数，我总算见识到了。

过了一段时间，渣男突然进了公安局！警察给闺密打电话，说他聚众赌博，让闺密把他领回去。闺密当时以为是抓错了人，或者是诈骗电话，还特意打了110核实。等她核实完，整个人都蒙了，赶紧给我打电话，我们连夜赶到了公安局。

幸好，渣男只是参与者，不是组织者，教育了一下就被放出来了。

你不是在创业吗，不是在公司忙得天天家都不回吗，还有时间赌博？在我们的再三追问下，渣男支支吾吾地说，公司经营不善，已经倒闭了。他为了不让闺密操心，就独自一人承担了下来。实在没有办法了，他就拿着最后一笔钱来到了赌场，这是他最后一次机会了。失败的结果不应该让女朋友承担。他一遍遍地说他爱闺密，他就是走投无路才选错了路！

闺密在旁边哭得梨花带雨的，感动得一塌糊涂。

我心里一万头草泥马奔腾而过。

撒谎能有点儿技术含量吗？那个赌博场所七拐八拐的，十分隐秘，说不是常客谁信啊！他平常晚上下班都不回家，上哪儿去了就不想想吗？况且自从他开公司之后，闺密一眼公司的影子都没看到。按正常的逻辑来说，这是为她打拼的未来，难道不该是满怀甜蜜地带着她去参观吗？

很明显，根本就没有什么公司！说不定闺密所有的钱都已经被他输在赌场上了。

正如你料到的，我的这些话，我闺密根本听不进去。她还说我疑神疑鬼，不相信她老公，就因为我还是个单身汪，羡慕她有个这么疼她爱她的老公。

So，随便了，十年的友谊，不敌渣男的甜言蜜语。你们的事情，随你们去，我不管了。

后来，闺密又来找我，说是要跟我商量事情。她说她老公实在太有上进心了，第一次创业难免有所失误，可他并未放弃，一直都想继续他的创业之路。无奈他已经没有钱投资，又向闺密寻求资金支持。闺密问我要不要帮他。

这个说谎成性的人，还想骗闺密到什么时候？我明明知道他是吃定了闺密，但她就是不醒，我又有什么办法？我说你随便，这么大人了，你应该自己做决定。

然后闺密就管我借二十万！我靠，你是要拿我的钱，去让那个渣男输吗？

不好意思，我脑袋还没有被门挤扁。

我拒绝了。

闺密很生气！说我们十年友谊，还抵不上这点儿钱！然后她就摔门而去了。

我的姑奶奶，我实在不知道应该说些什么了！

后来就听说她把房子卖了，再后来就是刚刚开头的那一幕了。

我相信就算在已经被他骗了钱、骗了房的情况下，如果那渣男再回来找闺密，她还是会上钩的！这个愚蠢的女人！

我带她去了她所谓老公的赌场，她亲眼看见了那男的在烟雾缭绕中左拥右抱，满嘴脏话，看见钱两只眼睛都发光。

又经历了坎坷的一大长串故事，最后的最后，闺密终于起诉了渣男，才发现渣男因为诈骗早已经蹲过局子了。

姑娘们，千万别让渣男伤了你们的心，毕竟你们在渣男心里除了钱就一文不值。在爱情里保持冷静很难，那你总得保护自己，那是底线。这世上不仅仅有爱情，还有亲情和友情，如果你身边的人都认可你老公，只有你觉得你老公很平凡，那么你老公是很爱你的。如果你身边所有人都不认可你老公，只有你无条件地相信他——

小心渣男。

我只说到这儿，剩下的，你自己体会。

你讨好别人的样子，一点都不美

雅妮有点儿想不明白，到底是自己有病，还是这个世界上的人都疯了。为什么她人这么好，世界上却没有一个理解她的人？明明她处处都在为别人着想，宁可牺牲了自己的利益，也要照顾所有人的心情，那些受她恩惠的人，怎么还偏偏不领情呢？

就在昨天，当她再次提出要帮室友把衣服洗了的时候，室友突然说了一句：你管我呢，你又不是我妈。

一下把她说愣住了。

良心真是被狗吃了啊！

雅妮对她室友好得不得了，她怎么能说出这样让人伤心的话呢？家里的柴米油盐酱醋茶都是雅妮买的，水费、电费、燃气费、物业费也都是她张罗着交的。前几天她知道室友工作忙，晚上下班回来主动把整个屋子都收拾了一遍。室友的脏衣服她都拿出去洗了，还把室友房间的地板拖得干干净净的，散落在床上的物品也都一一摆放到原位。垃圾桶倒了，晚上的睡衣都给她准备好了，最后满意地把室友房间的灯关上出去了。

她在房间等着，想着室友回来看到她这么贴心，一定会特别感动、特别开心。晚上十点，室友回来了，进屋之后没有半点儿反应。她略微有些失望。

第二天起床的时候，室友问雅妮是不是替她整理过房间了。雅妮心中窃喜，以为室友要感谢自己了。谁知道室友却紧跟着问雅妮，她有一张手机卡放在桌子上，雅妮给整理到哪儿了。这么小的东西，雅妮根本就没有印象。

她随室友进屋找，找了好久都没找到。最后，室友说算了，她的东西虽然乱，但是她都记得放在了哪里，叫雅妮以后不用帮她整理了。

雅妮觉得特别委屈：她花了两个小时，才把室友的屋子打扫得干干净净，最后不但没收到室友的感激，反而还换来了一句不咸不淡的"以后不要帮忙整理了"？

很明显，室友和雅妮想的不一样。室友想的是：虽然我们在一起同住，但是我也有隐私权，你为什么连个招呼都不打，就进我的屋子帮我整理东西呢？

虽然雅妮的初衷是好的，但这种行为本身，的确显得有点奇怪了。

雅妮在工作中也是这样。有一次，有个平时关系一般的同事要求雅妮帮忙做个工作，雅妮当时也特别忙，但是她不忍心拒绝对方的请求，就暂时放下了手里的工作，先帮着同事做完了。可是，那次特别不巧，雅妮惦记着自己的工作等下要怎么完成，还要帮同事的忙，一不留神就把同事报表上的一个数字给弄错了。老板特别生气，问同事是怎么回事儿。同事立马说自己太忙了，那个报表是雅妮做的。

雅妮瞪大了眼睛，感觉特别不可思议。自己明明是来帮忙的，出了问题怎么还怪到自己头上了呢？这个人原来这么不仗义啊。

老板看雅妮自己的工作都没做完，现在还给别人帮了倒忙就更生气了，当即宣布要在本月的薪水中扣掉雅妮二百块钱。雅妮感觉特别委屈，但也没什么可说的，毕竟报表真的是她写错的。

更让雅妮郁闷的是，事后那个同事居然跟没事儿人一样，并没有给她道歉。后来和雅妮对接工作的时候，还跟平常一模一样，好像这件事情从来没发生一样。雅妮特别不理解，世界上怎么能有这样的人？

在我看来，同事并没有什么错啊。工作忙不过来的时候，请同事分担也无可厚非，如果同事工作很忙，大可以拒绝，这也是很正常的。具备职业精神的人不会对此有任何负面想法。但是既然答应了，就证明同事有时间可以好好完成承诺帮忙的部分。每个人都要对自己的工作负责，做错了受到惩罚，有什么不对吗？你在工作那么忙的时候，还把我的工作接下来了，这是对两份工作的不负责任。这样算起来，还是你错了呢。

雅妮跟我说，她太累了。她好几次告诉自己，以后绝对不这样了。但是她还是会做这样的傻事。有一次，她因为等同事下班，就在座位上无聊地干等了半个多小时，结果同事只是和她结伴到楼下，就独自打车走了，因为两个人的方向不一样，同事说没法捎她一段，最后，她只好自己一个人走回家。

和朋友聚会，雅妮总是抢着买单。有一次她钱包里的钱不够，手机也没电了。她趁着去洗手间的工夫，去前台找服务员把手机充上电，用网银付了款。她觉得自己这么做有充分的理由，因为同行的小实习生没赚多少钱，不能让人家买单。但是这顿饭明明就是小实习生专门请她吃来感谢她的，最后发现她已经结了帐，特别尴尬。经过这件事，小实习生以为雅妮瞧不起她，渐渐地，也跟她疏远了。

不管和谁出去，雅妮肯定与人方便。别人想吃火锅，雅妮就是再怎么想吃烤肉，也会憋回去。回家打车她一定要先送朋友，绕多远的路都在所不惜。约会地点也是迁就朋友，就算因此她必须要转好几趟车，多花一两个小时也无所谓。

有些经历就更奇葩了。只要雅妮的朋友遇到困难，不管他们有没有向雅妮求助，她一旦知道这件事，都会主动帮忙。雅妮几乎成了朋友圈里大家的"妈"。雅妮是学财会的，有个朋友新开了公司，她就自告奋勇地去帮朋友做一些财务上的事情。其实，那个朋友就是随口说了句她遇到了财务上的一些问题，根本没要求雅妮帮忙。朋友家里有懂财务的，账目这种东西，当然不喜欢让外人插手。雅妮熬了好几个通宵，终于把账目做出来了，但怎么看都觉得不对劲儿。她把账目给朋友的时候还特意提醒了对方，说这账目好像不对劲，朋友说没有关系，自己知道了，然后给雅妮买了好多东西作为感谢。雅妮感觉特别满足。但是后来她偶然间得知，朋友无法拒绝雅妮的热情，又不想让雅妮知道她公司的具体账目，实在没办法，就让手下人随便编了一些假文件给她，所以做出来的账目才那么奇怪。这下轮到雅妮傻眼了。

我问过雅妮，为什么要对别人那么热情，你是不是不懂得怎样拒绝别人？

雅妮说不是，她会拒绝别人，但她就是打心眼里不想拒绝。她觉得帮助别人是最大的快乐，看到别人开心，她自己更开心。
生活中有这种想法的人不少，他们太在乎别人的感受，爱别人多过于爱自己。大多数人都喜欢把这种行为解释为善良，这样原本是没什么问题的，懂得分享也是一种美德嘛。但是像雅妮这种想法就有点儿过分了，这是种病了，得治。

我特意研究了一下这种过分在意别人感受的人，心理学上说，这种人是忧郁型体质，过分敏感，也有些强迫症。通俗点说，她就是过度自卑，想通过帮助别人来取悦别人，从而获得关注。可是，往往事与愿违，虽然你帮助别人自己也牺牲了很多，但是别人并不理解，还觉得你太过热情。人与人之间本来就该有一定的距离，这个距离叫做安全距离，不光体现在人与人之间的物理站位上，还体现在心理上。

你热情得没有底线，只会让人感觉你做事很不知道分寸，反而对你愈发疏远了。这种得不偿失的事情，你干吗要去做呢？

获得别人尊重的方式有很多，比如让自己变得强大，变得足够优秀，其他人自然就仰视你了。雅妮大可以把在其他人身上做无用功的时间，都用来提高自己的能力，当她成为某领域的专家大咖时，就不愁身边没有朋友了。

雅妮室友的那句"你管我呢，你又不是我妈"起了作用，她开始重视自己的心理问题了。费力不讨好的事情，她现在不做了。

嗯，就是这样，不说遇事先考虑自己，至少别把自己看得太轻了。

你要是和雅妮一样，那就尝试着甩掉自己内心的讨好心理，多关心关心自己的朋友、家人，对不相干的人少一点儿过分的热情。等你变得很棒，还需要在别人身上证明什么呢，你说对吗？

不要把孩子当成你不想改变生活的借口

在相亲的江湖上，有这么个传说，那就是单亲的孩子娶不得，嫁不得。很多人听见对方是单亲家庭出身，连见都没见就觉得他们有性格缺陷。

传言中，单亲家庭长大的孩子，要么因为从小缺乏父爱母爱而漠视亲情，不知道如何建立健康的家庭关系，遇到了芝麻大的小事儿就会选择放弃婚姻；要么就是缺乏安全感，生性多疑，什么都不相信，根本没办法沟通。

因为这个理论，单身家庭出身的孩子在婚姻市场上销路一直不好，更可怕的是，许多人只要婚后有了孩子，不管配偶人品怎样，不管自己跟对方还有没有感情，都会对付一辈子，绝对不离婚，说是怕给孩子的未来造成不良的影响。

那些声称"为了孩子才不离婚"的人，是不是觉得自己特伟大?

面对一个酒鬼、一个赌徒、一个一天打你三百遍的男人；面对整天去逛夜店，把你家小区男人睡了个遍，一点也不会带孩子的女人；你忍气吞声，保持着婚姻表面上的完整。为了孩子，你眼中饱含热泪: 娃啊，爸爸妈妈为了你，可是付出了自己的一生啊!

Stop！不要再自我感动了。

其实，孩子早已烦透了整天争吵的你们，早已看穿了这个家根本没有爱的事实。不信你问问他们的意见，很可能他们会建议你们马上离，立刻离。只要你们保证各自还爱他们，他们并不想要你们这种表面维持的和平。

孩子根本就不应该成为你不敢离婚的借口。

火车和飞机，哪个更安全?

吃瓜群众大部分会选择火车。原因呢，就是直觉吧。总觉得地上跑的，比天上飞的更踏实，毕竟"脚踏实地"啊。而且火车很少有出事儿的，飞机事故却不少。

关于这个问题的答案，网上有铺天盖地的"砖家贴""叫兽贴"，以及各式各样的解读，可也没讨论出个所以然来。单从媒体曝光的角度来说，并不是飞机事故的曝光率高，它就更危险一些。而是从人的心理上来说，大家对在天上飞的东西怀有一定的担忧。另外，飞机一旦出现事故，很可能机毁人亡，整架飞机上的乘客几乎都没有生还希望。想想就是一件轰动一时的大事，这么有价值的新闻一旦出现，各大媒体怎么会不抢着报、持续报呢？不但要报，还要及时报、后续报，报完了还得做专题分析。

但火车事故通常可大可小，伤亡人数在十人以内，或是根本没有人员伤亡。像这样的情况，其新闻价值肯定没有飞机事故高，最多也就是在 XX 新闻弹出个小框框就完事儿了。

可是，单就事故次数和死亡人数来说，火车不一定比飞机安全。

突然说这个干什么呢？我是想告诉你，我也曾经是搞媒体的，遇到新闻也会死抠价值点。比如遇到青少年犯罪，通常都会牵扯到家庭教育，然后说说家庭情况。单亲家庭的孩子犯罪，肯定跟单亲这种家庭形态脱不了关系！写上！其实，不过就是媒体有意将这点放大了，而读到新闻的你也就重点接收了这个讯息。

所以，并不是每个单亲家庭出身的孩子都有问题，都有性格缺陷，好吗？

我身边有很多单亲家庭出身的朋友，每个都是三观端正的五好少男少女。

相反的，那些明明知道两个人已经没感情了，还非要因为孩子坚持在一起凑合过的，教育出来的孩子不一定心理都很健康。

我有个奇葩的同事，思维方式是典型的多疑、多心、自我、自大。你告诉她卫生间里有人，她还是要自己去看一眼；你告诉她晚上那班火车没票了，她还是要自己打电话证实一下。嗯，她就是这样，好像全世界的人都要谋害她。

这种不被人信任的感觉，真让人抓狂。久而久之，大家就对她敬而远之了。

有一次，在公司举办的演讲比赛上，她声泪俱下地讲述了自己的故事。她从小生长在充满暴力的家庭氛围中，父亲爱喝酒，喝完酒总喜欢打人。于是，妈妈和她经常遭受父亲的毒打。甚至连她家的狗，都逃不过父亲的"毒手"。这样说来，她也挺可怜的。

不幸中的"万幸"，她有个特别"伟大"的妈妈。为了给她一个健全的家庭，妈妈从来没想过和父亲离婚。如果事实真像她说的那样，二三十年的婚姻，三天一小打，五天一大打，真不知道她们是怎么熬过去的。

她的童年时代和少年时代充满了恐惧，每次一听见爸爸的怒吼声、妈妈的哭喊声，她就觉得自己仿佛掉进了一个永远也醒不过来的噩梦。她把自己关在屋子里，不和别人玩儿，也不与别人接触，据说她还为此得过一段时间的抑郁症。

或者就是因为连她的至亲都对她翻脸无情的说打就打，所以她现在才无法相信别人对自己怀有善意，无法接受别人真正走进自己的世界吧。

在演讲台上，她哭着说，其实她很想融入大家的圈子里去，她不想再那么孤独。但是她这种多疑的性格已经形成，社会也从来不相信眼泪。哪有那么多好心的同事，能在被她一次次怀疑之后，还心无芥蒂地与她做朋友。

这次演讲过后，她仍然孤独一人，而且身边对她指指点点的人还越来越多了。

最后她就离职了。

希望她会越来越成熟，这段往事不要再对别人说了。倾诉悲惨经历只能换来一时的同情，却得不到长久的友谊。因为维持友谊的基础是信任，是相互支持。但愿以后能有个爱她的人，帮她打开心结。但愿她的孩子，能比她幸运。

还有一些人，不敢离婚，不敢改变自己的生活，借口是家里的父母年纪大了，观念传统，他们接受不了离婚这件事，甚至有可能会气得生病。你以为父母只关心自己的孩子是不是为他们争气了，长脸了，是不是嫁了一个好人家，是不是娶了个白富美吗？别闹了，他们更关心的问题是，你是否幸福。

还有的人，以社会舆论作为自己不敢离婚的借口。如果我离婚了，单位同事得怎么看我？街坊邻居得怎么看我？同学朋友得怎么看我？村口的小鸡、小鸭、小孔雀得怎么看我？

你想得太多了。不管你离不离婚，七大姑八大舅都会议论你的，就像你没事也会议论他们一样。但是，没有任何一个外人的议论可以主宰你的生活，就像你的议论也主宰不了别人的生活一样。

守着名存实亡的婚姻，死不离婚，祸害的可能是一大票人。

有个今年 30 岁的朋友，28 岁的时候结了婚，没有孩子。她老公追了她三年，本来他根本不是她的菜，但是因为年纪大了，家里又开始逼婚，她看看身边这个男人，虽然跟他没什么共同语言，不能赚钱也没什么上进心，但至少对她是好的，也就将就着跟他结了婚。

结果结婚当天晚上，她老公就跟朋友夜不归宿。朋友想想也算能接受，毕竟有那么多朋友来参加婚礼，礼数得周全。陪陪朋友，也是应该的。后来她才知道，那天晚上他们居然去了洗浴中心，有特殊服务的那种。大概是要庆祝，他终于把女神搞到手了，中国历史上从此又多了一个黄脸婆吧。

婚后短时间内还好，可后来她渐渐发现，她老公夜不归宿的次数越来越多，理由也千奇百怪。单位有事情加班，同事过生日，同事的妈妈病了，朋友的爸爸病了，同学的爷爷去世了……比小学生请假的理由还丰富多彩。

第六感相当敏锐的她，怎么能看不透这些谎话呢？那些偶尔从她老公钱包里、口袋里蹦出的消费小票，更是让她心寒。

有一次，她发烧到三十八度，下班后还是硬撑着给老公做了饭。饭后，老公想都不想，就跟她说他某个同学的爷爷去世了，需要他去帮忙。嗯，这个同学的爷爷，已经在他嘴里去世三次了。

这次，朋友真生气了，抓起他的手机死活不让他出门。但朋友毕竟是个女人，哪有他的力气大？就这样，她老公抢了手机之后，夺门而出。

现在，用朋友的话来说，她已经记不得这种场景出现过多少次了。有一个好色的老公，毕竟不是什么光彩的事。可在别人看来，她的婚姻很幸福，但其中的苦只有她自己知道。

或许你要说，为什么不离婚呢？像这种没有责任心、没有家庭观念的男人，本来就不适合结婚，不是吗？

朋友说她何尝没想过离婚，但是每次她一提出离婚，他态度马上转变了，各种发誓各种保证说下次绝不会再犯。她本来就是个善良的人，他说着说着，她心就软了。她对自己说，离了婚又能怎么样呢？再找一个说不定还没有现在的好，两个人又过习惯了，虽然他在生活中也不起什么作用，但是少了他，总感觉没了倚靠。

于是，两个人就一直这么不咸不淡地过着。家里的保证书已经攒了一大堆，但是生活依然如故，一年之中她老公在家过夜的次数屈指可数。前不久听说她怀孕了，真不知道这对她是喜是忧。

于人类而言，婚姻这种制度在很长时间内，都是一种经济手段。两个人结成一个利益共同体，一起进行经济协作、生育协作，从而增加个体抗风险的能力。如果人类只是经济动物，就简单多了。可惜的是，人类一直有感情，一直在寻求爱。正是因为我们不仅需要物质，还需要那种互相欣赏、互相支持、互相理解的爱，所以婚姻关系才会不断地发生变化，法律也因此给予了人再次选择的权利。

你选择不离婚，很多时候未必真是为了孩子或老人，或是为了什么社会舆论。很有可能，是你承担不起婚姻解体的经济成本，你害怕改变，也害怕走向不可知的未来。毕竟沿着现在的人生轨迹，你可以预见自己跟身边这个人一路走到老、走到死的情景。你宁愿忍受婚姻中的孤独，也不想再去经历重新寻找的痛苦。

如果是这样，那就承认自己的懦弱，不要以孩子为借口，让他们轻松地成长吧！毕竟，有太多孩子从小就承受着"父母是因为我才度过了他们不幸福的一生"的重担，如果你再这样误导他们的话，他们也很有可能会将这个重担重新传递给下一代人。

不要以为多买几件奢侈品，你就有 B 格了

前几天听了一则社会新闻，说有人为了一件貂皮，从商场五楼纵身跃下，一命呜呼。

我原本以为这只是个单纯蹭热度的炒作新闻，没想到仔细查证过之后，发现居然是个真事儿，就发生在黑龙江。说是一个女人让她男朋友给她买貂皮，男朋友不买，女的把男的逼急了，男的就顺势从商场上跳下去了。从监控录像上看，男的没有丝毫犹豫，跳得很决然。网上舆论一片哗然，矛头直指女人拜金，还说男人为这样的事想不开，简直是脑子进水了。按照我以往做新闻的经验来说，单凭几段视频和一段文字，未必能还原事情的前因后果，因此，虽然我很想说点什么，但却不知道从何说起。

后来又有新视频放出。视频上，那个女人疯了似的冲下楼，抱着男朋友的尸体号啕大哭。她真的很失态，正常人只有失去理智的时候，

才会那么失态。

我能肯定的是，那一刻她想的一定不是貂皮大衣。估计以后，她都
没办法再直视貂皮大衣了。

我妈妈某年冬天也想买貂皮大衣。我爸认为有那钱还不如出去旅游，
穿羽绒服就足够保暖了，没必要买那么贵的衣服，而且貂皮大衣的
制作过程非常残忍，需要活拔貂毛。我妈却觉得，身边的人都有，
自己怎么也得买一件，不然多没面子。

我月薪三千的时候，看中了一款五千多的手表。我妈觉得，没必要
买那么贵的手表，现在大家看时间都是看手机，谁还专门戴个手表
呢？那纯属有钱没地方花，烧得慌。可那时我就像被那块手表下了
蛊似的，一门心思想要，于是反复跟她争辩，"正因为我刚走上职场，
不能让别人觉得我没品位，所以才要买手表。正因为现在手表已经
不是必需品了，所以好手表才更能代表一个人的身份和品位。"

我刚刚上大学的侄子家里并不太富裕，给他交了学费、给了生活费
之后，日子就更紧巴巴的了。前不久，侄子放暑假回家，非闹着要
买 iPhone7。他妈妈说，手机就是个通讯工具，有的用就行。再说，
上一个手机还没坏，为什么非得换这么贵的新手机？侄子说安卓系
统垃圾太多了，用起来太卡，他是学计算机的，不能没个好手机。

难道老妈穿了貂皮大衣、我戴了五千块的手表、侄子用上最新款的苹果手机，我们就能让别人刮目相看了吗？其实，在真正有品位的人看来，穿着昂贵的貂皮衣服却配着廉价包包、戴着品牌手表却不懂得职场基本礼仪、用着苹果手机却专业挂科的人，根本称不上有B格，充其量是强行装B，而且还失败了。

是真正具备高B格还是装B，明眼人一看就能看出来，只有装B的人才不识庐山真面目。

可能你以为自己拥有了高B格的人同样拥有的物质，自己就跟对方处于一个档次了，其实完全是"东施效颦"，大错特错。所谓的高B格，绝对不单体现在金钱上，更多的是思想上。你们两个的差别是，高B格的人思想到位了，所以赚到了数量相对多的钱，所以自然而然拥有了和他身份相匹配的东西；而你是吃土一个月买了装B的东西，思想却没到位，只顾显摆自己得到的物质，反而像个小丑。

那么，我们还有希望成为真正有品位、有B格的人吗？
你要明白，这肯定不是一蹴而就的事，也不是拥有几样奢侈品就可以达成的。想让人仰视，你从二十几岁开始，就得从下面几个方面为自己之后的人生打基础了。

1. 不要急着赚钱，能力和机遇比钱重要

二十多岁，刚步入社会不久，或许你才高八斗，但是在这个社会上打拼，实战经验是很重要的，这也是新人普遍缺乏的。一个月薪三千在大企业实习的机会，和一个月薪五千在小公司混日子的工作，我建议你选择前者。因为在大企业历练一段时间再跳槽，你的薪酬可能直接跃升到五位数，而在小公司的工作经历很容易让你误以为自己的能力已经非常卓越了，却不知那只是狭隘的坐井观天，你根本还没有领略到海洋的博大。最后事实总会无情地打你一巴掌，甚至是连环组合套拳，让你发现自身的无知。

2. 身体和思想，总有一个在路上

井底之蛙没什么资格谈 B 格，多出去看看，领略了祖国的大好河山，尝遍了国外的美食，你就会发现自身是多么渺小。见识多了，思想的宽度自然就增加了，思维的方式也会变得更灵活，更容易触类旁通，慢慢就会生出淡定的气质。

多读书，买书肯定比买衣服省钱，看书肯定比斗地主、打"阴阳师"手游有益。拥有知识不是为了做一个两脚书橱，向别人炫耀自己的学识，而是为了与人类最优秀的智者恳谈，了解最新、最好的知识。

一个人的一生时间是有限的，但书籍可以帮助他把生命的宽度、厚度和广度都打开。腹有诗书气自华，将读书的智慧与人生经验结合在一起，互相激发，你的全身自然就会笼上智慧的光环。

3. 千万别买地摊货，太贵

我没在开玩笑，相比那些陈列在商场橱窗里的名牌物品，地摊货实在是太贵了。这是因为地摊货除了价格便宜之外，再没有其他优点了，缺点却有一大堆，比如质量差、没有设计感、款式旧、容易掉色、容易损坏等等。一件地摊货，你可能只穿几个月。可一件高质量的品牌衣服，你可能会穿几十年。假如十件地摊货的价格和一件品牌服饰相等的话，你挑这十件衣服可能就要逛十次街。时间就是金钱啊，亲！

4. 立刻行动，克服拖延症

有句老话说，只要想起来做，什么时候都不晚。这话其实没什么道理：80 岁了再谈保养皮肤不晚？父母去世了才想去孝顺不晚？怀孕了才想起来做保护措施不晚？你以为拖延症很时髦吗？不是，拖延症只是"懒"这个词的华丽外包装而已。人的一生主要是由自己做的事构成的，想把事儿做好，首先就得克服自身的拖延症。其实，你要做的事情就摆在那儿，早做晚做不都是要做的吗？B格高的人通常效率也高，你看人国民老公公的日程安排，一天能飞N个国家，这才是把挣一个亿当做小目标的人应该有的态度。

5. 有一份属于你的工作，不仅跟钱有关

有个朋友跟我说：我老公家里有钱，我家也不困难，我俩结婚之后没什么经济负担。以后我想工作就工作，不想工作就回家带孩子，看看我的人生，你比不了吧？我是比不了啊，我现在都看到你黄脸婆时候的样子了。没有哪种爱情的名字叫做"我养你一辈子"的，就算你再怎么美若天仙，也免不了要老去，十年后男人就会觉得，"养你还不如养个小姑娘"。我身边好多长得漂亮、家里条件好的美女，都在拼自己的事业。这不仅跟钱有关，更跟尊严有关。连一份收入都没有，你还好意思谈B格？装B你都没底气！
以上只是提高B格的基本条件，如果你真把上面提到的好习惯持之以恒地坚持十年的话，相信三十岁时候的你，肯定会成为你喜欢的样子。话说回来，开头那个小伙子死得真挺可惜的，他父母知道这个消息之后得有多伤心啊，毕竟和死亡相比，还是赚钱比较简单。

还是忍不住对这件事发表评论了，看来我还要多修炼B格啊！

第三章

**我们真的生活
在阴沟里吗**

我们真的生活在阴沟里吗

小七不止一次跟我说过，她不想生孩子。

我不是她老公，我只是她闺密。她不敢跟她老公、公公、婆婆，还有她爸比、妈咪说这个，怕那群人结队挠死她，她就只敢跟我说。小七结婚三年了，但一直没要孩子。她不是不喜欢孩子，天知道她多喜欢这些香香软软的小家伙。她嫂子生孩子的时候，她请假飞去看她的大侄女，给那才一点点大的小家伙各种买买买，吃的、穿的、用的样样都不少。三天假期每天都是在全天候哄孩子，一点儿都不觉得累，简直就是孩子奴。

可小七自己偏偏不想生孩子，因为她太爱孩子了，舍不得自己的孩子受一点点苦。

小七跟我说，我们现在都生活在阴沟里，社会实在是太复杂、太黑暗了，她不想让自己的孩子在如此可怕的社会环境中成长。

孩子一生下来，就生活在重度雾霾的环境里，大人们出去都得戴上防毒面具一样的口罩，更别说抵抗力那么差的孩子了。

等孩子长大了，出门吃个麻辣烫，得防着店家放没放毒品，炒个豆芽都有可能中毒。放进嘴里的东西，看起来像食物，但其实可能是鞋底胶、皮布料之类的东西。街边小贩贩卖的看似美味的食品，不知道被多少蟑螂爬过、耗子踩过，想想就觉得很恶心。

一想到自己的孩子要吃这些东西，她就百爪挠心。

还有，现在的互联网环境太复杂了。前不久某明星被指责用替身，她随便在微博上发表了两句言论，就被那个人的粉丝们炮轰了。有些极端的粉丝甚至人肉出了她的地址，往她单位寄大便。之前她从来没正视过"网络暴力"的问题，她觉得网络就是言论自由的地方，自己说的话，只代表个人观点，与他人无关。没想到，现在键盘侠太厉害了，足以毁掉一个正常人的生活。难道她的孩子以后要生活在这种环境下吗？想到这些，原本轻松的事情变得不轻松了，心累，真的。而且网上黄赌毒泛滥，她真怕自己一时疏忽，孩子就从此走上不归路，那她还活不活了啊。

还有，假如孩子生病了怎么办？虽然现在的医疗技术发达了，但是看病买药实在太贵了。家里人的身体健康就像一颗隐形炸弹，只要有一个人得了重病，就有可能导致整个家庭倾家荡产。雾霾致癌、放射线致癌、紫外线致癌、不规律的饮食致癌……癌症好像无处不在……她干吗还要把孩子生下来受这么多苦啊。

小七是个早八晚五的上班族，收入很稳定，也小有积蓄。但是谈起养孩子，她依然感觉压力很大。身边那些已经生了孩子的朋友，不断对她哭诉现在的奶粉有多贵、孩子的衣服有多贵、纸尿裤有多贵、请个月嫂有多贵……七七八八算下来，她觉得自己欠债都不一定能把孩子养好。现在她和老公赚的钱放在一起也不算少，但她不想因为生了孩子就严重降低生活质量。她认为，如果孩子出生后，她不能给孩子足够富足的物质条件，那这个孩子还不如不要。假如自己家的经济水平不行，将来孩子长大了，还是一样要早起赚钱养家，和她一样一天天等待变老，她光想想就觉得心疼。

我不得不说，小七这种杞人忧天的想法，实在是太悲观了。是不是她自己生活不幸福，没有目标没有希望，全世界就要跟她一样？不是的，孩子想要的人生，和她想要的人生可能截然不同。

悲观的人，总感觉自己生活在阴沟里。生活的美好，他们统统看不到。小七只看到了北京的雾霾，想到了那些可怕的致癌物质，却没有想过世界各地的靓丽风景和令人垂涎欲滴的天下美食。有人为了想看外面那么大的世界就辞职了，难道你只想在雾霾中生活一辈子吗？

你完全可以去马尔代夫看海，去夏威夷度假，去垦丁感受阳光照在脸上的感觉，去日本富士山上许下心愿。旅行下来，你的视野会特别开阔，你会感谢自己生活在地球上。地球上居然有那么多不一样的风景，这种感觉难道不奇妙吗？

就算不出国，中国的那么多地方你都去过了吗？你可能去北京看过故宫，去厦门看过海，去西安看过兵马俑，但你去过江南的小乡村，在一个朦胧的雨季，撑着油纸伞走过古色古香的街道，尽情感受小桥流水人家的静谧吗？你去过中国的最北方，看见过冰天雪地中那种美到销魂荡魄的极光吗？你去过西藏，感受过藏民们的热情好客吗？如果这些地方你都去过，你就会发现新闻上说的那些负面的东西，真的只是世界很小的一个侧面。

你没看过这些，你心里没有这些美好的东西，不代表你的孩子不想、不能感受到这些美好。我们好像真应该转变下思想了，这个世界本来就是善意的、美好的，而你只记住了自己经历的不顺，好像只有你整天生活在阴沟里一样。

我曾经有个特别难缠的客户，一天折磨我八百六十遍，不管采用什么方式跟他沟通，都好像热水泼在石头上，毫无效果。好几次我加班到深夜，都是在处理跟他的沟通问题，以及因为跟他沟通不畅而衍生出来的新问题。好几次，我都感觉自己马上就要崩溃了。

终于有一天，公司决定和这个客户终止合同了，我高兴得差点儿跳起来——我终于可以摆脱这个噩梦了！身边的同事都打趣着过来恭喜我。只有一个同事跟其他人的想法不一样。她跟我说，其实这件事也不用这么高兴，生活本身就充满各种各样的烦恼，不是这里有麻烦，就是那里有麻烦。我们没法改变这种随时都有可能出现烦恼的状态，但是可以改变自己的心态。你不是不喜欢这个客户，是还没有习惯处理生活中的烦恼，等你什么时候能真正做到对烦恼一笑而过，什么时候才值得高兴。

她说这话的时候，我觉得她可真是招人烦啊。人家正高兴呢，她倒好，上来就泼一大盆冷水。可是，随着年龄的增长，我越来越发现，她说的话比起那些祝福的话更有价值。人活着肯定不是来舒服的，没有烦恼给你带来痛感，就不会得到解决问题的那种成就感。佛教说，"烦恼即菩提"，也就是说，每一个烦恼都是一次修行的良机，可以用它来磨砺心智，增进能力，这样就有可能化烦恼为智慧、为实力、为喜悦了。

小七觉得不能给孩子富足的生活，就宁可选择不要孩子，这种观念我无法支持。我问小七："如果你的家境一般，你会不会恨你的父母没给你那么多金钱方面的满足？"

小七瞪了我一眼，说："你说什么呢？我的家境本来就很一般，但我爸爸妈妈很爱我，他们之间也特别相爱，一家人只要在一起就很幸福了。"

"既然你都在这样的氛围中长大，并且也感受到了深深的幸福，为什么还非要执着于为孩子创造富足的物质环境呢？如果孩子如你一般善解人意，懂得珍惜情义，自然也会从普通的生活中感受到幸福，对不对？"我顺势开解她。

小七沉默了。

对于大多数人来讲，他们并不希望父母为了自己太过操劳。我们嘴里说着羡慕"官二代""富二代"，内心真正珍惜的还是自身的努力奋斗，平凡的幸福生活。在三观端正的人眼里，只要父母真心疼爱自己，哪怕他们在某些地方做得不对，也依然是值得尊敬和爱护的父母。我们会这样想，我们的孩子又何尝不会这样想呢？而人类啊，正是在这样的爱的传递里，才一代代生生不息的吧？

所以我亲爱的小七，打消心中那些不必要的顾虑，喜欢孩子就大胆地生一个吧。相信 Ta 一定会因为是你的孩子而感到幸福的。

我们并没有生活在阴沟里。你所谓的阴沟，只不过是内心深处的忧虑和恐惧。生活总是一体两面的，太阳光或者太黑暗都会偏离生活的本质，"痛并快乐着"是大家共有的生活姿态。别总光想着痛，而忽略了痛背后的快乐。

你朝太阳微笑，太阳就会回馈你温暖的阳光。你低头无视太阳，就只能看见脚下黑漆漆的影子。到底想怎么活，就看你自己了。

别不服气，你就是不如人；
别太担心，虽然你有点不如人

看清自己，真难。

PART1

孟晨一边嘴里"哟哟哟"地惊叹着，一边凑过来，指着她微信朋友圈里一个女生的自拍问我们她好不好看。

我觉得那姑娘还不错，虽然不是倾国倾城的类型，但也挺清秀好看的。我顺着孟晨的意思夸了照片上的女生两句，谁知道孟晨听完却不乐意了。

"她哪里好看啊？！你的审美观要提高了哦。像她这样的货色在街上一抓一大把，根本就是很普通、很平常啊。你看她那大圆脸，还有脸上的雀斑，你看这张远景的照片，都胖成这样了，怎么能算美女啊。"

后来我才知道，那个女的是孟晨前男友的现任女友。当初前任甩孟晨甩得轰轰烈烈，无人不知，孟晨所有的朋友都知道她前任是个颜控，因为前任说孟晨的颜值没达到做他女友的标准，所以两个人才分手的。

当时我感觉那个男的真的是奇葩。既然你找女友看的是颜值，觉得孟晨不够漂亮，当初为什么还要跟她在一起呢？白白浪费人家的时间、精力和感情，真有点儿不厚道。

旁边那些朋友听说这姑娘是孟晨前任的"现任"，情商高的马上就开始挑毛病了，什么眼睛没孟晨的眼睛大，头发没孟晨的头发长，甚至连八字没孟晨跟她前男友合之类都出来了。最后孟晨总结了下：哼，他还说自己是颜控呢，眼光也不过如此。

满屋弥漫着酸味，朋友们突然都沉默了，倒衬托出孟晨有些幼稚了。前任如果真是个颜控，那他必然觉得现任就是比孟晨好看，孟晨这么比较实在没什么意义。可如果孟晨当真比现任好看，那么前任当初坚决要跟孟晨分手时拿出的"颜控说"就是给孟晨留面子，真正的分手原因另当别论。

不管怎样，在前任眼里，孟晨就是不如他现任呀。

承认这个事实有那么难吗？毕竟人各有眼光，孟晨的好坏也不全由前任一人说了算。孟晨大可以对前任的现任不予评价，现在这番泼脏水，反倒显得她小肚鸡肠了。

PART2

大学的时候班上有个人称"千年老二"的同学，不管是学习成绩，还是竞技比赛，只要有我们班老大在，她就永远排老二。一开始我对她挺惋惜的，觉得她如果被分在隔壁班，说不定隔壁班的第一就非她莫属了，现在只能怪我们老大实在太强了，"既生瑜，又生亮"。她却不觉得是老大太强自己才是第二。她觉得是她太倒霉了。比如说期末考试，她总和老大差几分，也就是一道两道选择题的问题。每次考试成绩下来，总能听见她的抱怨声，什么有道题她明明选对了，交卷的前一秒又改答案了，要不她肯定考第一了；什么她考试太紧张了，论述题的一个小知识点怎么也想不起来了，要不第一肯定是她了……

评奖学金的时候，其实她是有可能打败老大的。因为老大身体不太好，有点儿胖，体能测试对老大来讲就是噩梦。尤其是男生的 1500 米，老大跑到一半就已经气喘吁吁了。但是我并没有感受到千年老二有多想超过老大，体能测试临近的时候，千年老二该吃吃，该玩玩，丝毫没把这些当回事儿。倒是老大，每天天还没亮就到操场跑步。每天早上我们下楼吃饭的时候，正好看到他跑步回来，不少人都对他竖起了大拇指。

结果可想而知，老大稳稳地获得了奖学金。这时候，千年老二又开始抱怨了：哎呀，我体育比老大好得多，他就是幸运，我要也像他那么锻炼的话，那奖学金肯定就是我的了。

问题是，你并没有像老大那样锻炼啊。

所以，你活该是千年老二。

借口总是好找，但事实终归是事实。你就是不如人，别不服气。不管过程怎样，结果已经说明了一切。

PART3

我们办公室有个富二代，出门开豪车，下班搂美女，还总不来上班。毕竟人家家底厚，不差钱，在不耽误工作的情况下，来不来上班其实也和其他员工没什么关系。

但他仍是公司员工茶余饭后讨论的话题，听来听去，不外乎那么几点。

吃瓜同事1：有钱了不起啊，还不来上班，好像公司是他家开的一样。这种人啊，没什么本事，就知道装酷耍帅，一点儿礼貌都没有，不懂得尊重人，看见同事连声招呼都不打，真是的。

——据我所知，富二代不怎么来单位，确实不认识大部分同事。看见陌生人，主动上去打招呼不是很奇怪吗？况且，说这话的人也没见他主动和富二代打过招呼啊。

吃瓜同事2：不就仗着他老爸有钱吗？啃老啊，十足的啃老！你看他一个月才赚多少钱啊，整天那么花钱，如果他老爸某一天倒台了，破产了，看他到社会上怎么混？这种一点儿能力都没有的人，未来怎么可能有立足之地呢？

——你们操心的事太多了！吃瓜同事们不知道，上次那个难缠的客户，董事长都没办法了，最后还是他们眼里"不怎么样"的富二代把客户搞定的。而且，富二代还没有动用他老爸的资源。他情商很高，工作能力也有。如果富二代真的一无是处，哪个老板傻啊，会在公司养个闲人？最后，说句不客气的，人家老爸的好坏，和你有关系吗？你还是多关心关心自己的老爸吧。

吃瓜同事3：看见没？他身边的女朋友又换了。这种人，太没有责任心了，整天换女朋友，玩弄人家的感情吗？我最痛恨这样的人了，仗着自己有钱有势，就是十足的感情骗子，大骗子！

——真可笑。我看见过那些女人在他面前很幸福的样子。这并没有什么不好啊，富二代又没有强迫谁。人家换不换女朋友，换几个女朋友，难道不是他的自由吗？你既不是他本人，又不是他女朋友，有什么好打抱不平的呢？谁说富二代就一定得摆出一副深情款款的霸道总裁范儿？你是偶像剧看多了吧，快醒醒。

不能因为你没有有钱的老爸，没有不上班就让老板给你开工资的能力，就可以对别人进行无谓的指责。不就是技不如人，貌不如人，财不如人吗？所以你才更得有超过他的决心和百分百的努力啊。

你在那儿嚼舌头，是能把你自己嚼上去，还是能把人家嚼下来？很抱歉，都不能，人家还是高高在上，你还是平凡的你，无非是你又浪费了本来可以休息或学习半小时的时间来谈论别人而已。

PART4

其实，不如人一点儿都不可怕。这世界大着呢，光中国就有十四亿人口，你总不会以为你能超过所有人吧，别那么较真，这只会自寻烦恼。

看见比自己强的人，有一种人总有一种好胜心理：他不是很好吗？他不是很强吗？我就想比他更好、更强。这很 OK，通俗来讲，这叫上进心。但是有种人看不得别人好，别人越好，他就越 YY 人家失意的各种画面，这叫红眼病。

后者已经无药可救了，没关系，他们注定只能是平凡的小人物。

前者只要不钻牛角尖，总有一天是可以比肩强者的。你要给自己设定能够完成的小目标。和身边优秀的人交朋友，学习他们的优点，那些优点终有一天也会是你的。别不怕死地眼睛只盯着马云、王健林，谁都想超越他们，那也不是不可能，只不过需要时间、精力和运气，想要一步登天是绝不可能的。

还有，把你的抱怨扔进垃圾箱里。在较量中，如果你输给了对手，别不服气。可能你会觉得他们并不比你完美，但他们肯定有自己的闪光点，别把眼睛蒙上，也别只盯着他们的缺点看。你有抱怨的时间，不如睁大眼睛看看他们为什么会胜利，下次的成功就有可能属于你。

最后再来说说那种看不得别人好的人，就是有那么一种人，觉得自己天下无敌，看见谁都不服，看见谁都不怂儿。那也好办，既然你这么牛逼，那你就想办法超过自己呗。祝你早日王者无敌，好走不送。

女人要独立，才能以最好的姿态迎接生活

PART1

我现在特别不喜欢跟自己家的亲戚说话，因为三句话不离"赶紧找个对象"，五句话就劝我"赶紧把自己嫁了"。

女孩子超过二十五岁还单身，在他们眼里就是十恶不赦。他们的想法通常是：男人年纪越大越值钱，女人超过三十岁基本就没什么选择的余地了，只能随随便便找个人凑合嫁了。

我就想问问，为什么？

不管男人女人，只要到了所谓的适婚年龄，就一定要凑成一对吗？这是因为都喜欢玩连连看啊，还是有强迫症，看见单数的东西必须放一起才开心啊？再说了，二十多岁的时候匆匆忙忙找个人结婚，看上去在各个

我所说的拼命
是不顾一切地活着

愿你在纷繁世事中
左右逢源
却又在繁华深处
固守纯真

喝得下人生中最苦的
那杯酒的人
才能承受得起
最甜的幸福

方面似乎都有得挑，但如果不是两情相悦，这种将就和三十岁以后什么都不挑了能把嫁出去就行的那种将就有什么不同吗？结婚的意义，难道不是因为遇见了不想分开的爱情才选择携手共度一生的吗？

有个人跟我说，女孩子这么大还不找对象、不结婚，再过一两年就晚了。我听了特别火大。是谁规定，人必须得结婚的？难道一个人就不能活吗？

我知道，他们不外乎是觉得女人始终是要有个依靠的，不然就无法独自应对生活。这绝对是倒退 30 年的想法。婚姻法现在都改成那个德行了，社会也已经进步到你足不出户、只要有网就能让别人直接到家里给你做饭、洗衣、收拾房间的地步，你还要说女人离开男人就不能独活吗？

真可笑。要我说，对一个女人来讲，比找个男人更靠谱的，就是学会独立，没有谁会比自己更可靠的了。

前几天我们单位发橙子，一人一箱，需要从楼下抬到楼上。我们人事进屋喊人搬橘子的时候，所有人都一动不动。因为屋里的人全都是娘子军——单位一共就三个男人，还全都请假了。我刚想起身，结果发现身边没一个人动，我一个人也抬不动五十箱橙子，就又老实坐下了。连喊了三遍，都没人应声，人事最后只得作罢。

我们隔壁的一家公司，跟我们定的是同一批橙子。看我们没人动地方，她们就先去领了。其实她们也就五个男职员，大家是齐心协力一块儿把橙子搬上来的，没有人说女的就一定不能搬东西。

这时候我身边的同事开始嚼舌头了，说什么旁边单位的员工，大多数都没有男朋友，看看她们一个个都是女汉子。这种人看起来这么强势，找不到男朋友也不足为奇。女人生来就应该被男人宠着，那么强势有什么用呢，都把男人吓跑了。

问题是，这群没把男人吓跑的女人怎么样呢？最后，我们公司只能拿别人挑剩下的橙子——因为没人去领，还在楼下放了一天一夜。第二天那三个男生还没来上班，这群女人们只好不情不愿地下楼去把橙子搬了上来。

后来我才知道，那三个男同事提前知道了单位要发福利的消息，故意不来上班的。当时我挺震惊的，这点儿小事至于请那么长时间的假吗？胖子却跟我大吐苦水：你知道三个男人连搬五十桶豆油、五十袋大米、五十箱饮料是什么感觉吗？比 TM 上一天班都累。

他说的是上次我们发福利的事。那次，三个男生运送了全公司所有人的福利。胖子说其实女人不帮忙也行，反正大家都是同事，他们又是男人，偶尔干点体力活就当锻炼身体了。只是，累到最后，一个女同事非但没感谢他们，还因为他们没把东西搬到她座位上就冲他一顿吼。他说当时如果不看她是女的，好男人不跟女斗，他肯定上去揍她一顿。

许多女生从小就被教育，"要被男人宠着，要保持女性骄傲的姿态"，其实在男人眼里，这个样子一点儿都不美。看着很多女生惺惺作态，恨不得矿泉水瓶都拧不开的样子，不恶心就不错了，难道还会喜欢你？相反，独立女人在找男朋友的时候，不会考虑太多那个男的能给她什么，因为她什么都有。独立的女人更容易收获爱情，我这里指的是那种纯粹的爱情。

PART 2

我听不少女生说过，她们看宫斗剧那些深宫里的娘娘们总是想方设法地要个孩子，美其名曰要有个依靠，总觉得可笑又可怜——一堆女人围着一个男人，争风吃醋用尽手段，所有幸福都维系于他的情感施舍上，多么可悲。

刚说完这个，她们转身就表示不想上班，想找个男人养活自己。做到的人摆出一副"人生赢家"的骄矜姿态，做不到的就开始自怨自艾怀疑自己魅力不够。电视剧里皇上喜欢谁的时候，两个人就你侬我侬，一副情深不寿的样子，来了两个新人很快又"只看新人笑，不闻旧人哭"了。你看到别人的结局，有没有发现和你现在的生活如此相近呢？

有多少女人结婚怀孕之后，就选择在家全职带娃，不再出去工作。赚钱养家的重担，全部交给男人去做。乍一听真好，不用再朝九晚五的工作了，在家真幸福。

你这么想，男人也是这么想的。他会想，你一天到晚在家什么都不干，全家人都靠他养。那他的家庭地位肯定是第一位的了。渐渐地。他不会像以前谈恋爱的时候那样隔三差五就带你看电影、逛公园了，也不会早早回家了，家务活绝对不会再伸手，甚至连洗脚水都要你端到他面前才行。

但天知道带个孩子有多么不容易。孩子整天哭闹，你得追在他屁股后面哄着他、顺着他，生怕他会出现什么问题。喂奶，换尿布，你连个搭把手的人都没有。好不容易把孩子哄睡了，你紧赶慢赶地慌着去厨房做饭。另外，你还得洗衣服，扫地，刷碗，大扫除，刷厕所……工作的时候你还可以晚点起床，周末还能睡个懒觉，但现在你连个休息日都没有。孩子小，一晚上总是醒来好几次，早上四点他准时起床，他起来你就得起来。最可怕的是，你发现这种生活一过就是一生，每天都在重复着前一天做过的事，你突然感觉生活如此了无生趣。

你开始埋怨你老公回到家什么活都不帮你做，你照料这个家很累。而你老公却说你在家清闲，整天就只知道伸手要钱，一点儿都不体谅他赚钱养家的难处。

你哪里受过这样的委屈？一听老公这么埋汰你，立马就炸毛了。开始冲他嚷嚷，说自己之前工作的时候，在公司也是佼佼者，手底下管着不少人，月薪足以令人羡慕了，你喜欢什么就买什么，从来不看价钱，但是现在你已经好几年没有买新衣服了。停！你先看看镜子里你身上那件已经完全没形的睡衣吧——穿得这么邋遢还冲着老公发火的样子，任哪个男人都不会喜欢吧。

被人嫌弃了吧？

或许有一天，你突然发现老公喜欢上别的女人了。那个女人也许不比你年轻，但是比你有气质，比你聪明。她知道这个季节流行什么品牌的服饰，也能聊当下的新闻热点，还颇有见解。光是跟她聊天都是一件令人舒服的事了，更不要说她那恰到好处的满身风情了。

其实你老公并没爱上第二个人，那个女人就是曾经的你。只不过你那时选择的是无条件依赖，本来你以为你走了最安逸的一条路，真正走到路上你才发现，其实这条路荆棘密布，最后还迷失了方向。

跟依赖相比较而言，独立实在是容易得多。独立的女人，有自己的兴趣爱好，即使在单身的时候，也不会觉得生活索然无味。她们结婚之后，通常也有自己的小天地，时不时与心爱的人分享着生活和工作上的点点滴滴，每天都有新鲜感。而你，在完善自我的道路上，走得看似顺畅，实则迷茫。

因此，女人一定要独立，才能以最好的姿态迎接生活。

你的教养，全都写在脸上

在生活中，跟人打交道的时候，你最注重什么？

我个人最注重对方的教养。因为教养是一个全方位的综合素质。一个人待人接物彬彬有礼，守时重诺，愿意换位思考，富有同理心，那他的专业素质几乎不可能很差。因此，我坚信一个人的品质，就隐藏在他日常行为处事的细枝末节上。

有一次我和一位合作者 C 要一起完成一件事情，需要我老妈帮忙，于是我们就约在 C 的家里见面。那天下了大雪，不好打车，我和老妈在雪地里走了半个多小时才到了 C 家。

走了那么长时间，天气恶劣，地上又有积雪，鞋底自然会脏。刚进屋的时候，我俩快要冻木了，老妈也没太注意，就踩到人家的地板上了。我和 C 同时看见了，我刚要提醒老妈别踩人家干净的地板，然后就准备把地板拖干净。谁知道我还没来得及说，C就大叫起来了："阿姨啊，天啊，你踩到我家地板上了，那是我刚拖干净的啊！你赶紧脱鞋，别在上面踩了。"

老妈站在门前一脸尴尬。当时我心里特别不痛快。我老妈当然要由我来说，轮得到你吗？况且老太太五十多岁了，零下四十度走那么远的路来到你家，目的还是帮我们的忙。这就是你的待客之道？

本来我准备了一肚子抱歉的话，这下子也说不出来了，忍不住跟我妈说："老妈，这是人家的家，不是咱自己家。人家房子多金贵，咱还是别进屋了，有什么事在这儿说完就走吧。"

C连忙解释说不是这个意思——可是，不管你是什么意思，我对跟你合作没什么兴趣了。

其实"人无完人"的道理谁都懂。活人没有百分百完美的。一个人只要有优点，那就有缺点，这才是人之常情。所以，朋友们的情商有高有低，谁都能理解。可是C的那番话，说明他的第一反应是以自我中心的，首先关心的是自己家的地板脏了，而不是老人家在雪地里走了那么久，是否累了。换双鞋拖下地能费多大事呢？而且，跟合作者的母亲第一次见面，为了一点点小事就能这样大呼小叫，让我不由得怀疑，将来万一在合作中出现利益上的分歧，他会对自己的合作者做出更过分的事情来。

在生活中，我们的一言一行，都在表达自身的教养，甚至昭示我们自身的一些心理状况。

有的人，你说一句，他必须要说两句，永远都得压你一头。这种人嘴上不饶人，时刻准备着与这个世界斗争到底。你随口说句话，只要跟他内心的想法不合拍，他就必须跟你争辩，就连"豆腐脑到底是吃咸，还是吃甜"这种话题，他都能搞出一篇论文。

争论就争论吧，让人不爽的是，看实在争不过，他们还会发动人身攻击。

哇，前面来了个帅哥。

小F：帅吗？我怎么不觉得好看。

我觉得挺帅啊。

小F：只要是人你都感觉帅。

我就是表达下我的观点啊，你不认可就当我没说呗。

小F：不管怎么说，他就是不好看！就你那眼光，活该你单身。

呵呵，再见！

其实皮肤黑点儿也挺好的，显得健康。

小F：黑就是不好看啊，像我这么白的才好看，别为你的黑找借口了。

不啊，有些欧美范儿的人，黑得很性感呢。

小 F：你不觉得长得黑的人看上去就很脏很邋遢吗？

呵呵，再见！

上到天文地理，下到今晚吃啥，得理不饶人，没理也要辩三分，最后还得意扬扬地觉得自己赢了，从来不知道有些话能说，有些话不能说。

这种"说什么我都要赢"的人，是有多想成为这个世界的中心呢？是有多缺乏关注呢？是有多不被重视才如此强烈地想要赢得存在感呢？

不用辩解，你争论的样子，已经暴露了你的短处。

有的人，总觉得自己应该被所有人照顾，稍有疏忽就觉得别人歧视自己，满满的玻璃心。

以前有个同事 D，要来我家借宿。她打招呼的方式是这样的：

反正你家也空着，我最近心情不好，去你家住几天呗。

好啊，来吧。

那时候我还不大会拒绝别人，虽然其实并不太喜欢她到我家住，但还是没能拒绝。结果，麻烦了。

借宿这个事吧，最考验教养了。一般来借宿的人有两种心态，第一种是：我来到你家，真的是麻烦你了，我要降低自己的存在感，不给别人制造麻烦，能多做一些事情就多做一些事情。这多好，多有教养，主人当然希望你常来坐坐。

第二种是：我既然来到你家了，我就是客人。你必须伺候着我，凡事为我着想。一日三餐饭来伸手，所有家务都一手不伸。主人稍微有点儿照顾不周，就打电话跟各种人抱怨，指桑骂槐，主人收留你没落着好，还落得一身不是。

D就是后面这种。她在我家住了一周。因为早上爬不起来，我平时不怎么做早餐、吃早餐，最多上班路上匆匆买点，更多时候就干脆不吃了，所以没理由因为她来住，我就要逼自己爬起来专门给她准备这些吧。结果，她住满一周回去以后，慢慢地，我听到了一些评论我的风声：

玛丽啊，懒死了，都不做早餐的。

别看玛丽在外面衣着光鲜的样子，屋里呀，乱得很。

玛丽啊，对客人可真不算热情哦。

……

大姐，是你自己要来我家住的，好吗？你想要五星级服务，怎么不去住酒店啊？原来你到我家来，是想找个免费管家啊？怨我不伺候了！谁还不是个宝宝来着！

你享受了别人的照顾背后还说人坏话的样子，特别丑。

还有一些人只要一开口，所有的话题永远都以"我"字开头，别人的话半句都不想听。不管你正在说什么，他们都能强行打断，再把话题引到自己身上，也不管你感不感兴趣，爱不爱听。

我跟你说啊，我姑姑离婚了。她才三十多岁啊，当初我姑父追她的时候特别用心，每天下班都在单位楼下等着……

小 F：对，就跟我二姨一样。我有个二姨，年轻的时候可漂亮了，我二姨父对她特别好，有一次……

……

我还没讲我姑姑为啥离婚呢。

我室友养了个小金毛，小狗狗特别可爱，她买的时候才三个月大……

小 F：对，我家狗三个月大的时候，也可好玩了。有一次……

……

我还没讲我室友的小金毛为啥可爱呢。

这些人不愿意倾听，只喜欢表达。说句难听的，别人家死了亲人也是小事，自己被风吹了一下都是大事。

我觉得，这是一种还活在婴儿时期的巨婴症状。只有婴儿才会以为自己是世界的中心，才会不管大人正在忙什么，都要把大家每一分钟的注意力放在他身上。

可是，只谈"我我我"的世界，该多么单调乏味啊！难道，你就不想知道在你周边十米之外的世界，都在发生什么吗？你就不想了解，那些你认识的、不认识的人，他们身上都在发生些什么吗？

世界宽广辽阔，生命复杂神奇，只关注自己，你可能从未真正活过。

更过分的是，还有一些人，会拿你的秘密来中伤你，把你的伤疤或遗憾公之于众，来赢取一点成就感。

你以为你交到了一个好朋友，可以跟他分享任何秘密。你把你的一切都告诉 ta 了，没想到伤害你的，可能就是离你最近的人。

比如说一次考试你作弊了，你憋着这个秘密太痛苦了，你就告诉了同寝室的室友。室友安慰你要放平心态，知错就改就好，把不会的题目再做一遍，减少心中的愧疚感，以后不要再那么做了。

听了之后你觉得很感激，你跟她说有你做朋友真好。

但几天过后，你俩因为一件小事儿闹掰了。她马上就把你曾经作弊的事和全班人说了，当时你恨不得挖个地缝钻进去。

做人要有原则，答应帮朋友保守的秘密，不论你跟这个朋友的关系变得怎样，你都应该按照承诺保守秘密。分手见人品，说的就是这个道理。

真正的教养，以善良作为底蕴，以人性作为内涵，以气度作为外在。真正有教养的人，一言一行都令人如沐春风，自在轻松。教养好的人，富有同理心，懂得人性的复杂，既不随意评判褒贬他人，也不急着炫耀、张扬自我。他们能看见其他人的存在，并将心比心地为其他人考虑，展示出人性的高贵之处。
如果有可能，成为这样的人吧。

你的爱豆身上，总闪耀着你想成为的样子

一听说孩子追星，家长们就如临大敌，脑海里自动拼接出来一串视频画面：杨某某为求见刘德华一面，逼父跳海；虹桥一姐辍学追星，走红网络的同时，也让人对她的前途表示深深的担忧……

媒体的过度渲染，给追星蒙上了贬义色彩。看见孩子饭（喜欢、追）上了哪个爱豆（明星、偶像），家长吓得马上使出浑身解数阻止。孩子则往往莫名其妙，不知道自己老爸老妈跟爱豆到底什么仇什么怨。所谓"哪里有压迫，哪里就有反抗"，家长越是不让他追星，孩子反而追得越起劲。

不仅是孩子，就算已经长大成人，甚至都上了班了，你跟同事说起自己饭哪个爱豆，说不定还会引起一阵炮轰呢：你都多大年纪了啊，怎么还学中学生饭爱豆呢？你可是成年人了，怎么一点儿都不成熟呢？

于是你再也不愿意告诉别人，你比较欣赏哪个明星。就算爱豆电影上映了，你也只会自己偷偷摸摸地买一张电影票去支持一下。

这都是因为，社会让你觉得，饭爱豆是一件丢人的事儿。
其实，这有什么好丢人的？这是一件太正常不过的事情了。我可以站出来说：我饭一个爱豆十六年了，他伴随着我整个学生时光，现在我上下班的路上还会插着耳机听他的歌。但我并没觉得有什么不好，我依然长成了一个社会主义好青年。

我想到了一个暖心的小故事，就是和爱豆有关的。

粉黛是我朋友，今年三十二岁了，从初中开始，她就饭薛之谦，如今已经好多年了。从老薛参加"我型我秀"起，她就觉得老薛唱歌倍儿好听。她跟我说，现在老薛的 00 后粉丝，大多数粉的是他的段子，是他的那种夸张、搞笑、无厘头的综艺风格，但她不一样，她喜欢老薛唱的歌。她家里能翻出好多有关薛之谦的"古董"——十多年前的卡带。老薛刚出的《丑八怪》《演员》《绅士》《刚刚好》等这些新歌并没有收录在这里，而是《认真的雪》《黄色枫叶》《王子归来》等他刚出道时的一些歌。卡带封面上的薛之谦，也不像现在这样戴着大大的眼镜，扮着各种地球人做不到的造型，而是戴着欧式耳环，用深邃的眼神凝视着每个喜欢他的人。

粉黛说她的幸运似乎都和老薛有关。

刚认识老薛的时候，有一次她去姑姑家，在车站旁边的音像店里看到了老薛的卡带。她掏钱去买，就在找零钱的时候，公交车匆匆而过。她当时气得不得了，还瞪了几眼封面上的老薛。因为他，她又要多等十多分钟了。但是十分钟后，她在自己等来的下一趟公交车上看到前一辆车居然翻在了马路上——她错过的那辆车和大货车撞上了。晚上看新闻，据说乘客三死十伤，吓得她心脏怦怦直跳。她说假如自己当时没有去买老薛的卡带，说不定死亡或受伤的人里，就有她。

虽然这种论断很可笑，但她就是认为，是老薛在默默地保佑着她。她高考作文写的是老薛，最后语文成绩到达了她课业的巅峰。艺考时唱的是老薛的歌，分数也是格外的高。但那个时候，老薛已经不红了，在电视上也看不到他了。

毕业之后找工作，粉黛觉得整个世界真奇妙。一家世界五百强企业到她学校举行校招，身边好多同学都报了名，她也填了表格申请面试了。听说那家公司的面试超级严格，她完全没有把握。

负责初试的 HR 特别严肃，刚开始问了她一些问题，她回答的时候还有点儿紧张。后来 HR 又问她做过的最有毅力的一件事是什么，她没有胡乱编造一些冠名堂皇的事情，而是诚实地说她喜欢一个爱豆已经喜欢很久了，因为她觉得爱豆特别努力，她时刻以他为榜样。她还说爱豆教会了她对音乐的执着，所以她做的最有毅力的事情，就是喜欢音乐喜欢了这么多年。接着，她向 HR 继续诉说自己喜欢他的原因，虽然爱豆已经不常出现在电视上了，但只要有唱歌的机会，爱豆就会特别珍惜。她觉得未来的她，也会跟她爱豆一样努力，唱歌给所有人听。她的爱豆名叫薛之谦。

本来 HR 一直在低头记着什么，一听薛之谦就抬起了头，眼睛都亮了，说原来你喜欢的爱豆是他啊。嗯，对，HR 也是薛之谦的粉丝。很戏剧性的，本来很严肃的面试会，变成了两个粉丝兴奋地讨论爱豆的交流会。结果，粉黛不仅轻松通过了初试，HR 还偷偷告诉了她好多后面面试要问的内容，让她好好准备。于是，她一路过关斩将，最后成功被录用了。

粉黛和 HR 成为了朋友。后来那个 HR 说，其实她并不是因为粉黛和他一样粉薛之谦，才对她那么好的，而是在聊起爱豆的过程中，她觉得粉黛很健谈，思维也很活跃，况且在小鲜肉频出的今天，能喜欢一个爱豆喜欢这么多年，足以证明她很理智，性格也很沉稳。粉黛觉得自己实在太幸运了，因为喜欢薛之谦，自己的生活居然变得如此好运而有趣。

在刚步入三十岁的那年，出乎意料的，她的爱豆又开始大红大紫了。

跟高中时期相比，现在粉黛有了更多的时间和金钱，只要她愿意，她完全可以追着爱豆满中国跑了。

如今薛之谦的综艺太多了，她也很为他高兴。但是粉黛的妈妈不乐意了，毕竟粉黛早已进入"大龄剩女"的群体，三十岁了还只身一人，空闲时间都去追着薛之谦跑了，哪有时间找对象？妈妈经常念叨她：你就跟着那什么薛之谦跑吧，到最后你嫁不出去，看薛之谦能不能娶你。

薛之谦当然没有娶粉黛，但薛之谦的粉丝却娶了她。

粉黛和老公是在老薛的一次综艺节目上认识的。当时粉黛举灯牌举到手酸，旁边的一个帅哥看不下去就来帮忙，两个人有一句没一句地就聊上了。巧的是两个人正好在一个城市，甚至公司离得都很近。回去之后，两个人见面的理由就太多了，一起去K老薛的歌啦，相约去买老薛的专辑啦，一起去参加老薛的节目啦……话题多到聊不完。实在聊不完怎么办？那就在一起喽。

粉黛妈笑得合不拢嘴，对自己这个准女婿特别满意。今年粉黛和男友一起去看老薛的"火星情报局"，节目一结束，男友就向粉黛求婚了。粉黛也没什么不答应的理由，他俩就在薛之谦生日那天扯了证。7月17号，他俩永远不会因为忘了结婚纪念日而争吵，毕竟已经记了十多年了。

故事就到这里，我想他俩会幸福快乐地生活一辈子吧。

我问过粉黛，你追爱豆到底是在追什么呢？你所经历的这些事情，不过是巧合罢了。你在爱豆身上花了这么多时间和精力，他有什么可以回报你的呢？

粉黛说，就是一种精神力量吧。就像有一次薛之谦发微博，说他参与了一档节目，他努力配合了节目组的所有要求，扮傻扮丑都没关系，只希望节目组最后能让他唱一首歌。节目组答应得好好的，可节目播出以后，他发现自己的歌被剪了，这是他最接受不了的。他说其实前面那些事都不是他喜欢的，他真正想做的，只是想唱一首歌而已。

粉黛说，她看到老薛的这些话，心里特别感慨，不管老薛是写段子还是参加综艺，都是曲线救国，只有他人红了，才有人关注他的音乐。老薛一直记得他是个歌手，他对音乐有骨子里的倔强和坚持。这种精神给了粉黛一种力量，虽然粉黛现在的工作跟音乐没什么关系，但不管有没有关系，她一直记得自己是一名音乐人，只要有机会她还是要选择唱歌的。

不忘初心，是爱豆教会她的。

人是不能没有信仰的。有时候，爱豆就是一种信仰。你喜欢的爱豆站在舞台上，光彩照人，那一刻 ta 的样子，其实也是你想要成为的样子。你饭的爱豆颜值逆天，其实你也希望理想中的另一半有不错的颜值。你爱豆遇到的所有不顺、所有诋毁，他都自己一个人扛过来了，你也特别想有如他一样坚定的信念。你饭的爱豆善解人意、有礼貌，你不自觉地就要求自己也成为一名有修养的人。只要一想到爱豆正在成功的金字塔顶端等着你，你就有了一直勇往直前的动力。难道这样不好吗？

可是，确实也有不理智的粉丝，为了饭爱豆，做出了一些出格的行为。这当然是不可取的。凡事都有度，超过了这个度，于谁都是有害无益的。但不是所有粉丝的过激行为都是爱豆教唆的，这锅，爱豆不背。

其实我也饭爱豆，从 2015 年起我就喜欢苏见信，不管他红不红，火不火，我就是喜欢他。我饭他是因为摇滚简直太美好了，郁闷的时候，听他吼两嗓子，觉得真是酣畅淋漓。还有他写的那些词，太有哲理，太好用了，抄在高中作文上准能得高分。

还有还有，他的故事带给我的影响我能足足写够十万字，怕你读着太累就暂时先不说了。我没刻意去见过他，也没疯狂地追着他跑，但是他却无处不在。比如，我写这篇稿子的时候，就无数次把"老薛"打成了"老苏"。

钱能办到的事，绝对不要求人

我们中国啊，到现在还是个关系社会。办点什么事，你只要没托关系，就浑身蛋疼。五千年的文明让我们养成了这么一个习惯：不管遇到什么问题，脑袋里马上开始调兵遣将，摆弄那些人脉资源，琢磨着怎么能不花钱或是少花钱就把问题解决了。

其实往往事与愿违。

你要买冰箱，本来逛逛商场挺轻松就选好了，可你总觉得那些奸商想坑你一把。这时，你正好想起朋友的同事的对象的妹妹就在这家商场做经理，于是你辗转拜托了好几个人，终于以优惠价把冰箱买到了手。

双开门，一万块，运到家里，感觉像捡到了大便宜。

过不了几天，赶上国庆节商场做促销，一模一样的冰箱标着特价黄色价签：

8888 元！

你心里跟吃了苍蝇一样难受，觉得朋友肯定吃了回扣，不然怎么一下子就便宜了一千多块呢。可是，你有没有想过，可能朋友还正感觉委屈呢：为了帮你，我联系了多少人，卖了多少人情，本来以为你能记着点我的好，最后可倒好，反落了一身埋怨。

说起这个话题，同事小刘的话匣子也打开了，前段时间，为孩子上学的事，他操碎了心。他说他家附近的小学口碑太差，孩子进去上学总觉得不放心，恰好有个朋友和教育局的人认识，他就像抓住了救命稻草，赶紧让朋友帮忙。

家里有孩子上过小学的都知道，这里面有个潜规则：想上好学校，交点儿择校费就行。那个学校的择校费也就两万块钱，交完之后一切待遇和正规入学的学生一样。小刘却觉得，有认识的人不用白不用，熟人办事更稳妥。

于是，他先携夫人请两位朋友吃了饭。教育局的朋友说，这件事儿挺难办的，但是想办的话也有门路，那个学校每个班都有插班生的名额，也就是旁听生，说白了就是为有特殊门路的人准备的。

小刘一听，也行啊，反正学校都是一个学校，老师也是一个老师，孩子能上好学校，管他什么插班不插班呢，好歹能省下一大笔钱！

当然，这插班的名额也不是白给的。好多人都想吃这一口肥肉，为啥就非得给你？话里话外的意思听懂了吗？送礼呀！

教育局的朋友帮忙联系了校长，校长帮忙联系了教育处的处长，处长联系了小学一年级的班主任。这一趟下来，吃饭、请客、送礼，认真算下来，也花了一万多块钱。

好在孩子终于能够如愿上学了，小刘也舒了口气，感觉上还是赚了：两万和一万多，也省了小一万块钱呢，值了。

真的值吗？凡事不能光看经济成本，还得看最后的结果。请客吃饭，一桌子不熟的人，心累啊；一趟趟学校、教育局的跑，心累啊；一会儿说孩子铁定能上学，一会儿又说名额满了，把你的心整得七上八下跟过山车似的，心还是累啊。

就差那几千块钱，图啥呢，万一以后还有后续的烦恼呢？

果不其然，还真被我这个乌鸦嘴给说中了。这几天小刘正义愤填膺地在办公室里吐槽呢，说最近孩子放学回来总是无精打采，怎么问都不说，最后竟"哇"的一声哭出来了。

原来，他被老师安排在最后一张课桌坐。班级有 37 人，做课堂活动的时候 4 个人一组，正好有一个小朋友要落单，不幸的是，这个小朋友就是小刘的孩子。别人结成小伙伴玩得正嗨的时候，小刘的孩子只能站在旁边看着。为此，班级上的同学总取笑他，把他称为"问题生"。

一听这绰号，小刘的怒气就上来了：你家孩子才有问题呢，你们全家的孩子都有问题！

小刘怒气冲冲地去找班主任，班主任眼皮子一抬："谁让你家孩子是旁听生？难道要让那些正常入学的孩子没有组分？"

如果时间能够倒流，我想小刘打死都不会再想去省那几千块钱了吧。

那你会说了，如果是关系超级好的朋友，互相帮忙不是天经地义的吗？你没朋友，你就觉得所有人都没有朋友吗？

拜托，这世界上哪有什么天经地义、理所当然，人人都很忙好吗？

如果朋友跟你一样是上班族，人家有自己的工作要忙好吗，有男女朋友要陪好吗，有老妈每天要视频好吗！

如果你想办的事并不大，干吗不自己去办？如果稍微有点儿棘手，但只要愿意花钱就可以搞定，那你就花点儿钱啊。把这钱交给你朋友，也是皆大欢喜。毕竟你朋友帮忙的时候，也是付出了时间和精力成本，甚至是专业技能的呀，亲！

不要做随意浪费朋友时间和专业技能的人，尤其是不要做那种动不动就说"你是干设计的，帮我设计个 logo 呗""你是做警察的，帮我开个 XX 证明呗""你是搞策划的，帮我做个 PPT 呗"的人。

隔行如隔山，你以为朋友只是动动小指头帮个忙而已，其实人家为你出个专业作品，可能要熬好几个通宵。你要是感觉朋友的时间无所谓的话，那我真要怀疑你是否真是把他当朋友了。

当然，如果事情复杂到钱解决不了，或者以你的经济能力负担不起这件事情，你当然可以去求朋友啊，越多朋友愿意帮你，证明你这个人越 nice。

大学时候有个室友，娇生惯养到极点。整个宿舍的人每天都要被她拜托个遍——拜托你帮我拿下水杯，拜托你帮我打壶热水，拜托你帮我跟老师请个假，拜托你给我带个饭，拜托……
最后所有人见到她都唯恐避之不及。我们又不是你家雇的保姆，凭什么总帮你做这些你完全可以自己做的事啊，谁比谁贱啊。
有人说因为她是独生子女，都是家里给惯的。Stop，这锅我们独生子女不背。谁说独生子女就不能独立生活了？

在社会上，每个人都是一个独立的个体。成年人当然要为自己的行为负责，钱是你赚的，只要钱能解决的问题，你就应该自己解决自己的问题。而一旦你开了求人的口，别人又不是你爹妈，谁规定别人就必须要尽心尽力为你办事儿呢。

就算给你办了，最后没达到你想要的结果，耽误了你的事，既伤心又伤感情，最后还伤钱，何必呢。

对对，还有一种人，简直要烦爆了。求你办事，明明是很小的事情，生怕你忘了，一遍催，两遍催，恨不得每隔五分钟就来催一遍。

你求我办事已经很麻烦我了，还隔几分钟就打扰一下，请你下次不要来求我了好吗？

世界上从来没有人不怕麻烦，不是所有人都是你爹妈。

你可以跟人谈钱也不伤感情

没事儿别谈钱，要不真容易朋友决裂、妻离子散，说不定还会上演什么断绝母女关系的戏码。

这绝对是个忠告，如果你想维持一段美好的亲情、友情、爱情，那就让这段感情离钱远一点儿。

还问为什么？难道这世界上赤裸裸的例子还少吗？

PART1

我刚大学毕业的时候，就因为钱华丽丽地结束了一段友谊。那时候我刚毕业没几个月，好不容易找了个勉强能糊口的工作，又忙着租房子、买生活用品，等这一切都准备妥当以后，我对自己的新生活充满了期待。

有一天，一个陌生号码给我打电话，我接起来一听声音马上知道是大学室友梦然。她急促的声音从手机那端传来，听得出来，她正在哭。

"我男朋友出车祸了，现在正在医院抢救，我真是没有办法了，你能先借给我点儿钱吗？"

这是大事啊，我赶紧安慰了梦然，叫她不要着急，钱的事我会尽快想办法。

救人如救火啊，挂了电话，我赶忙查了自己的银行卡——就剩两千块钱了，想了想肯定不够，我就又给妈妈打了电话，借了三千块钱。要知道，那可是我大学毕业之后唯一一次开口管父母要钱。

凑够了五千块，我觉得还算可以，马上就给梦然打过去了。

过了一会儿，梦然的电话又打过来了。

"五千块钱我收到了。不过就这么点儿啊，你不是刚在北京找到不错的工作吗？我男朋友现在生死未卜，你可一定要帮帮我啊。"

我向她解释，自己也只有这么多，其中一大半还是借来的。梦然却不耐烦了：

"行了，行了，我知道了！你可以租房子住，我男朋友的命就不值钱。

你贵，你得住好地方，我们贱，活该死！行了吧？"

一口气喷射出这么多话，随后她就挂了电话。

我快要被她气疯了。是，你男朋友很重要，生死未卜也很可怜，那我又招谁惹谁了呢，因为你男朋友出车祸了，我就连房子都不能租，活该睡在大街上？当时，看着自己已经清零的银行账户、空空如也的钱包、孤独一人的单间，再想想梦然的那番话，我简直想死的心都有了。

不过我还是相信人性本善的，只是当时情况太紧急了。梦然是独生女，从来没有经历过这样的事情，或者就一时口不择言了。

好吧，我这样自己劝自己。不要再考虑这个了，该考虑的是下个月要怎么勒紧裤腰带吧。

PART2

一个月馒头加咸菜的日子并不好过，但是想想梦然的处境，说不定她现在还忙得吃不上饭，我的同情之心油然而生，我怎么好意思再给她添乱呢。于是，我跟身边的朋友借了点儿钱，咬咬牙终于撑到了发工资的日子。

生活终于又在正常轨道上运转了，但是我想来想去，还是放心不下梦然。自从结束上次不愉快的通话后，我俩就一直没说过话。思来想去，我鼓起勇气，给梦然发了一条微信。

"你男朋友怎么样了？"
一天过去了，我的微信静悄悄的，没有任何声音。晚上的时候，"叮叮叮"的提示音突然爆发了。

"恐怕你要失望了，他还没死。"
"才一个月，你就想跟我要钱吗？我现在没有钱，我们的友谊还不值这些钱吗？"
"我总算看透你这个人了！当初你生病的时候，是不是我带着你打吊瓶的？我还翘了课，被老师发现了，期末考试都没得优秀。没想到，你现在居然这么对我。"
"钱我过几天还你，以后不要联系了。"

她一下子发完这些，就不再说话了，留下一脸懵逼的我，独自一个人在风中凌乱。

你个傻瓜，
白吃了一个月的馒头咸菜，

欠着老妈的钱，

捡来一场骂。

怪谁呢?

你愿意的，

活该!

PART3

是我交友不慎吗? 也许。梦然的做法真挺让人气愤的。但其实当时
的我也犯了一个大多数人都犯的错误:把钱借给了她。

朋友之间，谈钱，真的很受伤。

梦然有句话说得对:我们之间的友谊还不值那点儿钱吗?
当然值了，友谊那么贵，怎么能是钱来衡量的呢?

后来我跟朋友讨论过"要不要借朋友钱"的话题。她说感情那么好，
能借一定要借啊。但自从梦然的事发生之后，我却觉得，如果你特
别在意一个朋友，就千万不要有金钱上的往来。

比如说你最好的朋友问你借了一万块钱，你想都没想就借了。什么借条、利息啊都没有，帮助朋友谁还在乎那些了。

可是，过了一段时间，你突然遇到什么困难了，就想起那笔钱。管不管朋友要呢，就成了你的烦恼了。朋友关系那么要好，还真难开口啊。可是不开口，好像也没有其他办法。于是，你鼓足勇气开口了，这时通常会有两种情况：

第一种：朋友刚好有钱，马上就还给你了。这时候朋友会想，我都已经准备要还了，她怎么先开口了？好尴尬！如果这位朋友自尊心强一点儿，可能以后就不跟你联系了。而你呢，心里会觉得既然他都有钱了，为什么不主动还你，还得你先开口？开口借钱不容易，开口要钱也很难啊，你可是做了很长时间的思想斗争啊！真是不像话。

于是，两个人就这样不欢而散了。

第二种：他现在手头还紧着呢，没钱还你。那绝对是对你们友情最大的考验了。他会觉得，不就是跟你借了那么点儿钱吗？至于一天到晚想着要吗？为了要钱还编个借口。但是他手里是真没钱啊，还不了，就是还不了。你跟他要债，他没面子；要债了他还不上，那就更伤他的面子了！

至于你，就更委屈了。现在果然欠债的是大爷啊！现在自己需要用钱，讨回原本就属于自己的钱是天经地义的事，怎么就不够意思了？

当初能借钱给你，就已经很够意思了！

再一次，不欢而散，甚至有可能上升到撕 B 的程度。

再说说"你不急需用钱，但朋友迟迟不还钱，好像忘记了"的情况。刚开始你并不那么在意，因为你相信朋友的人品，有钱他一定会还的。随着时间的推移，你却有点儿动摇了：这都一年了啊，当初俩人也没约定还款日期。这就不好办了，朋友是不是忘了？这笔钱对他来说是小钱，对自己来说可是两个月工资呢。跟他要吧，不好意思开口，而且目前也真没有急用的地方；不跟他要吧，万一他真忘了怎么办？时间一天一天过去，你越来越在意这件事情了。慢慢地就觉得，曾经怎么看都好的朋友，怎么会这样，欠了钱还不知道主动还，难道真的还要等自己去要债？他可能真的人品有问题！然后，你忍不住开始向其他好朋友吐槽这件事，最后，流言就如病毒一样扩散了。终于有一天，传到了你那个好朋友的耳朵里，这时候的话，可能已经完全变了味儿：

XX 说你可真差劲，是个打着借钱口号实则骗钱的骗子！

朋友这个生气啊，尼玛你跟我要债过吗？我说我不还了吗？跟你借钱的时候，你不是很爽快吗？我不就借得久了点儿，晚了点儿还你吗？

你 TM 才是骗子，你们全家都是骗子。

钱拿好！一分不差你的！至于人，快给我滚蛋！

哇靠，一段友情又华丽丽地散场了。

PART4

其实细想想，普通人，我是说普通人，"土豪""暴发户""富二代"
什么的不算，不管是再好的朋友，当你把钱借出去之后，都会惦记：
这钱，他 / 她到底什么时候还？

可是要债这件事，还真不容易开口。对善于交际的人还好，碰上内
向的人，特别容易把自己憋出内伤。

那怎么办？如果好朋友真的要用钱，特别着急的那种，你们的情分
情谊都在那儿，不伸手帮助根本迈不过这个坎儿去，这该怎么办呢？
难道真的要坐视不管？

如果向你借钱的朋友，你们关系足够好，而且借款数目也在你能够
承受的范围之内，就算是万一他真的还不了你，对你的生活也产生
不了什么大的影响，那你就毫不犹豫地借给他。

如果他开口就要借一笔大的，在你眼里真不是一笔小数目的那种，但你们的关系还是足够好，绝对不能坐视不管，那你就拿出你能承受的最大数目，给！

是的，没错，就是给。

一万块钱你实在拿不出，那你就拿出两千块钱，拍在朋友的桌子上：哥们儿，我知道你最近的困难，你一定要挺住！啥大风大浪咱没见过？这小河沟绝对不能把咱们淹了！
先充分地表达你对他的支持和关心，最后话题一转：你也知道兄弟平时的经济水平，就咱们的感情，我一定尽最大的努力帮你。这两千块钱你先花着，不用还了，算是哥们儿的一点心意。
朋友肯定感激啊，毕竟这钱你是白给他的，以后不用还的。兄弟的友情，简直比金坚、比海深啊。

不过，你肯定会想，如果每个朋友跟你借钱你都这么白给，就算是个富二代，也给不起啊。
能让你心甘情愿拿钱的朋友，一定是那种在你心里占有一定分量的人。那种你拿出一百块钱给他，自己都会心疼的人，亲爱的，你真觉得你们两个是交心的朋友吗？

当时管我借钱的梦然，就是因为没借到她心里预期的数目，转身跟我翻脸了。可事实上，那样的朋友，真的算是朋友吗？

在当时我已经尽自己最大的努力帮了她以后，她还能说出那种话，已经可以上升到人品问题了吧。这样的人，整个价值观已经偏离到十万八千里之外了，我也没有必要再把她列入朋友之列，继续为之付出了。

PART5

一谈到钱，好像所有人都无法保持淡定。

因为这个社会太复杂了，尤其是这几年，经济下行，赚钱太难。我们中的大部分人，都是靠着早八晚五的工资，努力在为自己为家人争取一个更好的生活。

人性没我们想象的那么大公无私，不好不坏、有点小私心但是又有同情心的普通人才是大多数。

我曾经看过一个故事，故事的主人公假装家里出事了，打电话向各种各样的人借钱，结果发现，他原本以为自己好朋友很多，但是在他危难之时，真正能够伸出援手的人却寥寥无几。最后他得出结论：

一些所谓的朋友，甚至还不如陌生人，向社会募集捐款都比跟朋友借钱靠谱。

别相信这个故事，因为它的逻辑简直不能更傻了。用金钱考验感情，就好像你把一根肉骨头放在狗的眼前，却告诉狗不能吃。如果狗吃了，那就是不听话；如果狗不吃，那它就是蠢。为什么要主动把自己的亲友置于两难之地呢？你是有多闲、多无聊！

好了，最后的最后，愿所有的感情都能真诚相对。愿朋友就是朋友，爱人就是爱人，亲人就是亲人，钱就是钱。好好生活，没事儿少谈钱。

倒退十来年，谁还不是个熊孩子呀

有天我坐地铁，正赶上一群八九岁的熊孩子放学。那可真是一群混世魔王啊！在车上又是唱歌又是跳舞又是大喊大叫的。我正在看书，被吵得快要崩溃了，但教养告诉我，不能发怒。就在这时，其中一个男孩把口香糖吐到我的鞋上，还摁了一下，他不但没有歉意，居然还一边冲我哈哈笑，一边跟其他小伙伴儿分享他伟大的"事迹"。

我靠，防火防盗防熊孩子，谁说的话，这么有哲理?

不过，谁还没有过"熊孩子"的阶段呢?

往回倒个二三十年，你都干过什么可以划入"熊孩子"范畴的行为?

来来来，别不好意思，尽情地说出来吧！

1

PiaJi，听说过吗？就是一堆圆形的小纸片，拿"PiaJi 陀"往一堆
PiaJi 上扇，看谁扇翻的多，谁就赢了。通常，"PiaJi 陀"的材质都
是些纸壳或者牛皮之类的较硬的东西。小时候谁要有个厉害的"PiaJi
陀"，那可不得了了，简直就能称霸孩子群。

那时候大家住的是平房，家家户户都有大铁门。有一次，哥哥半
夜偷偷地把人家半个铁门给剪了，就为了拿去做"PiaJi 陀"。邻
居发现之后气疯了，拎着证据来找我爸。爸爸是又赔礼又道歉，
还给人家出了修补铁门的钱。最后哥哥当然是狠狠地挨了爸爸一
顿胖揍。

2

小时候，我对花花绿绿的零食总是爱不释手。可惜老爸老妈都不让
我吃零食，零花钱也实在有限。

有一天，我突然发现老妈的一件旧大衣口袋里有好多钱，就没事儿
拿一点儿，没事儿再拿一点儿，最后就被老爸发现了。

出乎意料的，老爸没有像揍哥哥那样打我，甚至都没有厉声骂我两句，
他只是阴沉着脸对我说：你这么小居然就学会了偷东西，我对你太

失望了。然后他就好几天没理我。

到现在我还记得他那天的眼神，从此再没拿过别人一针一线。

3

初中时同学聚会，趁着一个女孩儿上卫生间的空档儿，我把她的雪碧换成了白酒。

回来之后她喝了一口，脸上居然没有任何异样。我特别诧异：难道有人又给换回来了？

于是趁她不注意，我也喝了一口。

果然是白酒，辣死我了，尼玛害人害己啊。

那个女孩儿，真是个演员。

4

家门口卖的小鸡，五毛钱一只，毛茸茸的，背上被染得五颜六色，特别可爱。我和侄子各买了一只，回家不知道怎么嘚瑟好了。趁大人不在，我俩突发奇想，给它们洗了个澡。

结果还没等我俩放学，两只小鸡就死了。

侄子一口咬定，它们就是睡着了，它们根本没有死。

侄子他奶奶说：对，它们就跟你一样，洗完澡就爱睡觉。

5

小时候一个人在家贪玩，一不小心把老妈的颜料盒打翻了，撒在了
她画了一个多月即将大功告成的画上，当时我都吓蒙了。
然后我就把我家的狗关到了书房里，自己跑回卧室装作一下午都在
睡觉。
结果妈妈回来看到自己辛辛苦苦的创作成果，竟然被糟蹋成这样，
顿时火冒三丈，把狗一顿暴揍啊。我记得很清楚，那天狗叫得特别
凄厉。没过几天，我妈就把狗送人了。
以后家里再没养过狗，我感觉很对不起它。

6

妈妈管我学习管得紧，有次电视里正在播我最喜欢看的节目，但是
妈妈不让我看。当时我都要气死了，怎么会有这么不通情达理的妈
妈呢？
我就跟她说：不要因为你没文化，就非得要求我学习，有本事你自
己学啊。

我明明知道妈妈过去考上过大学，她是因为家里没钱才没有去上的，我还故意拿这个"她一辈子的遗憾"来伤她的心，我可真混啊。

妈妈我错了，妈妈对不起。

7

家里忘了关水龙头，把楼下的人家给淹了。他家人蛮不讲理，明明没有多少水，非让我家出钱把他家所有屋子的墙都给刷了。

我爸爸妈妈恰好是那种特别讲风度的人，也没计较就答应了。可是小小的我，却感觉老爸老妈受了欺负。

于是，有一天，趁着楼下晒被子的时候，我拿了一个空可乐瓶，在里面放了脏水、油盐酱醋、墨水、烟头，还有一切我能看见的最恶心的东西，最后还尿了一点儿尿，搅拌好了全泼到她家被子上了。

晚上，我果然听见楼下那个女人凄厉的叫骂声。

其实我现在挺内疚的。

8

小侄女三岁的时候，我也就十几岁。有次她来我家玩，家里所有人都宠着她、惯着她，她就恃宠而骄，把我最爱的《哈利波特》全集给撕了。

当时我那个气啊，趁着大人不在，我指着她骂了一顿，还打了她一下。
然后她以后见到人就不怎么爱说话了，变得特别内向，见到我更是避之唯恐不及。

这是因为我吗？千万不要啊！

9

有人说猫有九条命，我真信了，就把家里的猫从五楼的阳台上扔了下去。
然后我看见了我家猫的尸体，血肉模糊，很惨。
我以为它会活过来，但是并没有。
我真的特别伤心，现在看见猫就会想起小时候家里的那只。

10

参加一个贴吧的歌唱比赛，当时贴吧投票有漏洞，可以刷票，正好我稍微懂一点儿计算机的常识，于是就不停地给自己刷票。
后来我发现，排名第二的那个人也会刷票。每当我刷一些，他就刷得比我稍微高一些。我怒了，拼命给他刷票。最后我给他刷了五千多票，而我才三百多票，排第二。

贴吧最后炸锅了，说不可能有人能得五千多票，都指责他刷票。他辩解自己被黑了，但解释是苍白无力的。迫于压力，他退赛了，我也就成为了理所当然的第一。

相信我吧，只是因为当时我太小。

11

你跟你的室友、男朋友、女朋友、老爸老妈、亲戚朋友，反正就是住在一起的人吵架了。

你确定自己没有拿他们的牙刷做过什么吗？

比如扔在地上，吐吐口水，或者——

刷刷马桶？

12

你砸过别人家窗户没？我砸过我老师家的，但是我老师家住在四楼，我累了半天也是徒劳。

对了，我还拔过老师的自行车气门芯，她家好像挺远的，据说那天她推着车子走了好久，才找到修车的地方。

捂脸。

13

说点儿上学时候的，向老师打小报告这种事，大家都干过吧？好像小时候爱打小报告的人，长大了都挺适合做公务员的。还有抄了别人的作业，怕被老师发现，就把别人的作业本偷走了。

还有往小姑娘头上贴泡泡糖，同桌起来回答问题，你突然把椅子抽掉了。

往别人背后贴纸条总干过吧，贴的都啥内容呢？

"我是傻子 / 蠢猪 / 蠢材 / 猪"

差不多就是这些吧。

现在想想，小时候还真干过不少熊事儿呢。但是朋友们说出上面这些事儿的时候，大都表示了内疚。毕竟小孩子还没有善恶之分，做出这些事情是可以原谅的，慢慢懂事了之后，照样长成了社会主义好青年。

现在的这些"熊"孩子，可能就是二十年前的我们。对他们多容忍一些吧，毕竟我们都是从这样的年龄走过来的。

你啃老，你可耻

真是让我无比忧伤的话题。

按照我的理解，"啃老族"是个纯贬义词，指的就是那种有手有脚的"精神乞丐"：明明已经年满十八马上奔三，但还是腆着厚脸皮，窝在家里向爹妈做伸手党。明明有赚钱能力还只顾卖萌耍帅，不出去工作也不赚钱的人，真是弱爆了！

说起来，这种啃老族还振振有词：我是独生子女，我爸妈赚的钱不给我花给谁花。反正将来他们也带不走。

挺好，这赤裸裸的道德绑架，绑得叫一个彻底。

我差点儿就觉得这个说法有点儿道理了。

打住吧，你爸妈也是人，也在这个星球上生活，也有购物欲，也知道山珍海味好吃，剩菜、盒饭倒胃口，也不想只窝在小山村。世界那么大，就你想看看，你爹妈就不想？

估计啊，他们想看也不敢看。家里有你这么一个巨婴宝贝，估计这辈子都得跟幸福生活绝缘了。

如果你还觉得啃老理直气壮，那我们就接着掰扯掰扯。

现在的社会，啃老现象太明显，而且啃得明目张胆，理由当然时刻手到擒来。房价高、物价高……一个人小学、初中、高中、大学这么一连串读下来，走进社会大熔炉的时候已经是二十有半。眼瞅着到了适婚年龄，买个房，光首付就动辄几十万，加上婚礼、彩礼、蜜月旅行什么的，没个一百万都娶不回个老婆。不想啃老，说不定就得孤独终老。

再说说女生啃老。她们逻辑是：我妈说，女孩儿得有眼光，所以从小她就对我"富养"，我只需要"美美的"就好。现在做家务，结婚以后就是黄脸婆。现在工作，以后做女强人多累啊。既然生为女人，那我就得靠爹靠妈靠老公。

说的太好了，我有个朋友，正好可以用来打脸。

朋友甲，女，美女一枚，适婚年龄。家里给介绍了一个相亲对象，小甲一想，这辈子也不可能一直这么单着，家里介绍的就去看看吧。两个人一起吃了个饭，彼此大致了解了一下，第二天小甲就跟这小伙儿说拜拜了。家里人着急了，条件这么好的都不要，你想上天吗？

家里人说的好条件，就是小伙子父母身体健康，都有退休金，也都小有积蓄。前不久，他们家里的房子刚好拆迁了，他们家拿到了五百万的拆迁款。

小伙子对小甲非常满意，他父母也表示，只要小甲同意，马上就在市中心给他们买套大房子。

小甲说，小伙子家里条件是挺好的。但是，他工作八年了，月薪才三千块钱。小甲只工作三年都稳稳地超过他了。平时工作上，他也是得过且过，不要提什么奋斗上进，只求不犯大错就行了。他说，做人不要太为难自己，舒舒服服的小日子过着就挺好。

小甲说，真要是嫁给这么个男的，将来的日子怎么办？是，现在父母给他买了房，不用还房贷，没负担。以后呢，以后没老可啃了，怎么办？两个人守着房子喝西北风，还是让小甲来养活他？

还在执迷于啃老的同学们，快醒醒吧！现在还图房子图车的姑娘，大多数是目光短浅的。真正宜家宜室的好姑娘，谁还没个长远眼光？

有人说，家里父母有钱，就愿意给孩子花，怎么了？我室友养只狗，还天天宠上了天呢，自己家的孩子，就更愿意花钱宠上天了。

行，暂且不说这些。你也不想想，就算你家有钱，以后孩子生存能力、抗挫折能力差，等你百年之后他怎么在社会上摸爬滚打，你赚的钱够你下面几辈人花？

再说说那些没钱还啃老的，做出的事情，是否让你感到心寒。

前几天爆了个新闻，说孩子跟父亲要钱，父亲不给，说了一句："要钱没有，要命一条！"结果孩子真冲那句话去了，当场从包里抽出一把尖刀，直接给了父亲几刀。父亲倒下了他还不解气，又补了几刀，老父亲当场一命呜呼。

尼玛这不是畜生吗？真的一点儿养育之情都不讲，自己亲爹说杀就杀了？你在为孩子的做法感到惊讶的同时，有没有想过，是怎样的家庭教育，才造就了他扭曲的人格？孩子六亲不认的背后，往往是父母对孩子的过度溺爱，或是疏于管教，让孩子只认金钱不认父母。

有句话说得很对，生活本来就是喜忧参半的。如果你觉得你生活得很省力，那一定是有人在替你负重前行。

我的一个闺密出国留学了，去韩国，那个她一直都很向往的国度。我们从小一起长大，从上中学的时候，她就对韩国欧巴情有独钟，立誓要去他们的国家生活。我也曾为她加油鼓劲儿，在她将近三十岁的时候，梦想终于实现了。

我本该为她高兴的，却一点儿也高兴不起来。她朋友圈里整天刷的都是些韩国美、长腿欧巴什么的，但前不久我去她家做客，她妈妈却在为她明年的学费发愁。

她父母的工作，就是在学校门口卖鸡蛋饼。五块钱一个，每天的生意都还不错。对于这种职业，我从来没有看不起，更多的反而是敬重。想想我们冬天出门上班，遇见凛冽的寒风和鹅毛大雪，都会觉得天真冷，得赶紧找个有空调的地方避避寒。很难想象，二十多年了，她父母是怎么在寒风酷暑中坚持下来的。

闺密学习很努力，成绩一直很好，大学毕业了，本来可以找个相当好的工作，却在与父母大吵一架后选择了出国。

闺密愤愤地跟我说，她知道父母养她不容易，但她也是人，她也有她想要实现的梦想，她就想去韩国。他们不就是觉得养她辛苦，不想养她了吗？看来爹妈也靠不住，大不了去韩国后半工半读，再不要他们的钱了。

我没接话，我也不想接。有一句话我在心里憋了很久，但我想了想，还是没有说出来：其实，你早就不应该再用他们的钱了，不是吗？

父母哪有不心疼自己孩子的呢？闺密的爸妈嘴上说她，赶紧去你的韩国吧，以后你的吃喝拉撒别让我们管！但他们每天还照样风雨无阻地出摊，照样为闺密下学期的学费发愁。

闺密的梦想，是她父母用一个个鸡蛋饼烙出来的。

我从来不反对追逐梦想，只不过你应该努力让自己的能力贴近梦想，而不是你消费着自己的梦想，却让父母来给你买单。

最让闺密父母开心的话，肯定不是等她去韩国实现了梦想，赚到足够多的钱有出息了回来养他们，而是踏踏实实地守在她们身边说一句：别出摊了，太辛苦了，我陪你们。

我相信，做父母的肯定都是不怕被啃的，关键你做的事，有没有让他们寒心。

我以前有一个同事，看上去挺有能力的，说话办事也干净利索，所有人都看好他的发展前景。他有个漂亮的女朋友，也到了该谈婚论嫁的地步，两个人看起来很幸福。只是最近我才听到了一个小道消息，原来他也是个啃老族。

本来冲着他的能力，再拼个两三年，在城市二环买个房子，也并不是很困难的事。但人家不行，偏要在一环的核心地段买个 100 平米以上的房子。说这是他女朋友的要求，也是他对生活品质的要求。

他的父母都是农民，一辈子都没有住上过楼房，更不知道一环两万多一平米的房子是什么概念。他一跟父母提要求，父母一听那庞大的金额立马吓坏了。乖乖，一套房子要二百多万？不就是个人住的地方，凭什么要那么贵？

同事也懒得跟他们讲"城市中心，CBD，地段，开发商，物业"这些彰显品质的概念，"反正讲了他们也听不懂"，嘴里就是两个字，"拿钱"。没有钱，他们的儿子就要一辈子打光棍了。

老两口慌了，怎么能让儿子打光棍呢，他们还想着尽快抱上孙子呢。于是两人能卖的卖，能借的借，把毕生的积蓄拼拼凑凑攒在一起，颤颤巍巍地给孩子交了首付。

有人说我同事太不懂事了，他却振振有词，你看别人家的爸妈，多有能力，多能赚钱，孩子含着金汤匙出生，一辈子不愁吃穿不用奋斗，哪像自己，跟家里的父母都没有共同语言，还要辛苦地自己赚钱。既然没有能力给他最好的生活，当初为什么还要把他生下来？所以，父母原本就欠他的，他啃老也没什么不对。

其实他说的也没错。只是，父母早知道你的想法这么畜生，真应该把你摁回去。

这个世界的价值观，要乱套了。

父母给了你生命，明明是要感激的不是吗，哪儿还出来那么多愤恨？

恨父母小时候没用心培养，所以你现在这么没有教养；
恨父母不是当官的，所以你现在求人办事儿这么难；
恨父母不是经商的，所以你现在要自己奋斗赚钱；
恨父母不是搞教育的，所以你现在肚子里的墨水这么少。

Stop！停止道德绑架吧！从你出生开始，你的生命就是你自己的。
梦想是你的，生活是你的，世界也是你的。

每个人都应该为自己的人生负责。不管物价多高、社会多险恶，照
样有人活得风生水起。就算父母是高官，是土豪，也一样有人不啃老，
不靠父母，活出自己的样子来了。
别让不堪的风气扭曲了你的价值观。你的人生，从来跟父母无关。
你的父母自从生了你之后，就再不能随心所欲，他们已经很惨了，
好吗？新衣服不是想买就能买，新手机不是想换就能换。你妈连一
支口红都舍不得买，但在为你掏高昂的补习班学费的时候，眼睛却
眨都不眨。他们已经为你付出了太多太多，心疼心疼他们吧。他们
老了，就别让他们再为你受累了。毕竟，他们养育你的目的，就是
希望能实现真正的各自独立，以及最后的守望相助。

拒绝啃老，从我做起。

别让危险的亲密关系害了你

朴槿惠事件发生后，我跟闺密调侃说：哪天我要是当上总统了，你不会坑我下台吧。

闺密笑着打趣道：那可没准儿。

事不关己，都能开玩笑，但当事人就没这样的好心情了。朴槿惠做梦也没有想到，有一天她会落得如此下场。现在连辞职都办不到了，必须被弹劾下台，说不定还会锒铛入狱。一直顶着韩国首位女总统光环的她，最后竟以这种形式草草结束了她的政治生涯，实在令人惋惜。

不得不说，有些触犯原则的亲密关系，确实危险。

如果没有这回事，朴槿惠现在应该还安稳地待在她的位置上。你跟你闺密感情有多好，没人管你。但你把对全韩国人的决策权，交给一个毫无政治背景的人手上，全民安全感尽失，这任谁都无法接受。四十多篇关系到国家机密的演讲稿，篇篇让崔顺实过目，甚至连国家大事都要参考闺密的意见——"妈宝"已经够让人难以理解了，居然还有这种没有血缘关系的"闺密宝"！我实在想不通到底是什么心态，能让朴槿惠拿一个国家的机密当儿戏，她这样做，置国民的信任于何地呢？

不管你跟另外一个人的关系有多亲密，某些原则一定得是心里最坚定的底线，任谁都不可触碰，更不能越界。否则，这种亲密关系终会害了你。

PART1

我认识某知名企业的一个高管，他经历的事情就让我深感惋惜。他三十多岁就已经是企业副总，实属不易。真的，他算是我朋友里最有出息的一个了。

他成长在单亲家庭，母亲把他拉扯大特别不容易。他很孝顺，自己赚的钱除去他的日常开销，剩下的全都交给母亲做家用。过年过节更是大包小包礼品不断，只要有假期，他一定回家陪母亲。听说，他曾经有一个谈了五年的女朋友，因为他老妈不同意，他马上就跟女友分手了。

他工作稳定买了房子以后，第一时间就把他妈接过去了。他妈平时没有什么事儿干，他就陪她聊天，也聊一些工作上的内容。可以说，不管公司级别多高的机密，他妈妈都可以接触到。

他妈妈也以儿子自豪，没事儿就跟街坊邻里各种吹嘘，她儿子一天接触多少个大任务，她儿子平时签的都是大合同。隔壁的邻居阿三不服了，说她女儿更有出息，比她儿子强。他妈当然不同意，为了证明自己的儿子更厉害，这个傻老太太居然真把他儿子签过的合同带给隔壁阿三看了。

事情就这么巧。老太太拿来的合同，正是阿三女儿竞争对手的。阿三的女儿问老太太，这是她儿子的工作内容啊，这种东西也会给她看？老太太自豪地说，当然了，儿子是她亲生的，有什么不能跟她分享的？

阿三的女儿对老太太说，她儿子真的很棒，都能做她的老师了。她想向他学习学习，问老太太能不能再帮她拿点儿文件看看。老太太一听别人这么夸她儿子，当然笑得合不拢嘴。但她也怕儿子说她多管闲事，就没跟儿子说，只是偷偷地把文件拿给阿三的女儿看了。

嗯，老太太就是这样把她最疼爱的儿子推向火坑的。

当我朋友因"涉嫌泄露商业机密"被调查的时候，他自己都不知道咋回事。不过，那些资料确实是从他手里流失的，他无话可说。为公司带来的巨额损失，他也无力挽回。

他以为妈妈是他最亲密的人，最亲密的人是不会出卖他的，所以，他压根一点儿防备心都没有。但是他忘了，他手握的是公司最重要的机密，他应该对他的公司负责。

最亲密的人可能真的不会背叛你，可怕的是，她可能都不知道自己的行为是背叛。

PART2

每个人都有过 16 岁。

16 岁的时候，你开始有了自己的小秘密：可能觉得某个老师特别帅，也可能暗恋邻班某个大男孩，或者，你觉得隔壁班某个女孩的侧脸特别好看。或者你哪门学科考试作弊了。你可能还在偷偷攒钱，想去买个某个明星的专辑。

这些，你会偷偷写在日记里，不会告诉任何人，包括最爱的父母。

但有些父母就觉得，孩子是我生的，我就必须知道孩子的全部。公然窥探孩子的隐私，将 ta 用心藏匿的小秘密暴露在光天化日之下。你没有注意到孩子害羞的表情，更没有照顾到 ta 的心情。你闯进孩子的私人领地，非但没有丝毫歉意，还只会教导 ta 不要早恋、不要追星，你自以为是为了 ta 好，在帮助 ta 肃清不该有的思绪，好一心向学。

然而，l6 岁正是叛逆的年龄。你说的话，大多数只会起到相反的效果。轻则被孩子反抗，重则迫使孩子离家出走，甚至酿成悲剧。

我同事家就是这样。同事看了孩子的日记，发现孩子的日记里频繁出现一个男同学的名字，同事就给班主任打了电话，确认班里确实有这么个男孩儿。

然后她就火了，拿着日记去找孩子理论。孩子当然很生气，质问同事为什么未经允许，擅自偷看她的日记，日记是她的隐私。同事说：你是我女儿，你没有隐私，你吃的穿的一切都是我的，看你日记又怎么了？

最后，女儿喜欢那个男孩儿的事，在学校传得沸沸扬扬，最后女儿不堪流言，从学校的教学楼上跳了下来。

她文具盒里的一张纸条里写着：吃你的穿你的都还你，生命也还你，永远不见。

同事得知消息的时候，伤痛欲绝。真的要怪孩子吗？青春期的孩子本来就敏感，心智也不足够成熟，需要小心呵护。疏于沟通或是沟通方法不对，一言不合就可能后悔终身。

Effort

190

life

同事真的后悔。本来女儿还有那么多美好年华可以走过。相信如果能重新来过，她一定会给女儿自己的空间。

PART3

爱情上危险的亲密关系，就像一颗定时炸弹，随时都有可能燃爆整个婚姻。

我曾经亲眼见证七年的情侣走进婚姻的殿堂。

浩然和梦晓都是我高中的好朋友。他俩从高中确定恋爱关系，大学毕业后马上就结婚了，是我最看好的一对。

结果前段时间浩然跟我说，他跟梦晓离婚了，他们的婚姻只维持了三年。

离婚原因是他出轨了。单位有个年轻的女同事特别欣赏他。加上浩然和梦晓相处了十年，的确审美疲劳了。他发誓他绝对是爱梦晓的，肉体出轨并不代表他精神出轨。

他和那个小三就持续了半年关系而已，他从没想过要和梦晓离婚。真可笑，都半年了，还好意思说"而已"，真替梦晓呵呵哒了。

结果他的同事怀孕了，他和梦晓恰好还没孩子，在父母的施压下，这个婚就这样离了。

浩然说其实他特别后悔，好像已经预定好的人生轨迹突然就变了，整个世界都不一样了。那个同事不管样貌、学识，还是气质，哪点儿都比不上梦晓。他当时真就图个新鲜，没想到会变成现在这个局面。他现在天天回家和新妻子吵架，根本就没有共同语言。

能怪谁呢，浩然就是自己活该。既然选择了玩火自焚，那就只能自己承受。

PART4

我有个从小玩到大的朋友，去年考取了警察，属于保密机构的那种。我俩的关系，属于那种绝对能把身家性命托付给对方的铁瓷儿。前不久回家朋友聚会，聊到了她的工作，她说羡慕我们平时上班的状态，她上班的时候都不连外网。
我说微信都不能上啊，她说是啊，怕泄密。
我说那你们都干吗啊，不就整理整理档案吗？
她跟我说，这个真不能说，是机密。

旁边的朋友都觉得她真能装，一个刚工作没多久的实习小警察，能接触到什么机密，真是小题大做，她这么做，可能就是故意显摆自己跟大家不一样吧。

但是我真的特别欣赏她的做法。国家安全无小事啊，她绝对不是太过较真，这本来就是严肃的事情。作为一名警察，她本来就不应该跟我们说她的工作。

事后她跟我说，她特别烦恼。她知道她的工作内容绝对不能跟别人讲，包括她的爸爸妈妈都总问她，每天上班到底都干些什么。刚刚那种场面她经历过太多次了，大部分人都不理解她的做法，她实在不知道该怎么回答他们了。

坚持工作原则，我真看不出来她有什么错。

如果朴槿惠像我同学这样坚持原则，她现在依然还会是韩国历史上的传奇。

其实她现在也挺传奇的，不过是负面的，恐怕连她自己都想不到。

作为社会上的自然人，不管你有没有成年，都是一个独立的个体，需要为自己的行为负责。甚至可以说，一个人走向成熟的过程，就是逐渐学会完全为自己的行为负责的过程。

我们每个人身边的所有人，包括有血缘关系的至亲，都是自己的社交圈。不管这个社交圈之间有什么关联，你们之间关系远近，我们都应该坚守一条属于自己的原则。这个原则就是：不侵犯他人隐私，不侵犯他人利益，不侵犯他人情感。当我们与他人之间的亲密关系，一旦突破这个原则，这种亲密关系一定会出现问题，需要我们对它加以纠正。

别让危险的亲密关系害了你。

第四章

这个世界这么残酷
又这么温柔

谁在青春里欣赏过你

让我们来讲讲那些跟初恋有关的故事吧。

一般人的初恋，大多发生在高中阶段。高中班主任一听"早恋"就如临大敌，恨不能用上十八般武艺和玩连连看的火眼金睛，把班里隐藏的一对对"有缘人"都消灭掉。

学生们正值十八九岁的叛逆年龄，正所谓"哪里有压迫，哪里就有反抗"，你越是禁止，我越是想尝试。青春的荷尔蒙如潮涌般爆发，一段段地下恋情悄然展开，总是有一种"野火烧不尽，春风吹又生"的感觉。

班主任当时咬牙切齿地对我们说：你们不好好学习，天天想着处对象，知道有多愚蠢吗？考个好大学，能让你们一辈子受益；而据某项调查显示，百分之九十九的高中情侣，最后都分开了。你们现在做的都是一些无用功，以后肯定会后悔的！

女人要独立
才能以最好的姿态
迎接生活

世界宽广辽阔
生命复杂神奇

勿忘初心

当时我们一边听班主任训话，一边在下面嗤嗤偷笑，没人把他的话当成真的。不幸的是，后来我们发现，分手这件事还真被他言中了。

不过，仔细想来，其实并没有后悔。到了现在，甚至觉得如果人生中没有一段带有遗憾的初恋，可能回忆就空缺了一块儿。那些穿着校服偷偷拉着小手一起去吃饭，之后故意错开步子、前后脚进教室，上课偷偷传纸条，用各种奇奇怪怪的自创符号表达爱意的日子，现在回想起来，那么幼稚，可又那么珍贵。

在那个情窦初开的年纪，爱情总是神圣的。爱情就要有爱情的样子，或叛逆，或美妙，或欲说还休。
我们找出各种隐蔽的方式去接近自己喜欢的那个人：
一本书，一借一还，就有了两次交流的理由；
换本书，再借再还，我们就有了共同的兴趣爱好；
一道题，一个英语单词，互相请教。其实两个人的小心思，都与题目无关；
一次体育课，一场课间操，一次出游，都有可能成为一段感情的开端。

记忆中的他穿了一件红色外套，周末两人相约去爬山。山很高，还很陡峭，走着走着你就走不动了。他把红色外套脱下来，把袖子递给你。于是你们就这样一前一后地走着，甚至多年后，你还能清楚地记得那天你们一起走过的最崎岖的山路是什么模样。

你突然发现，明明只有一米七高的他，分外高大。

或者是那天，艳阳高照。课间操里，同学们都在整齐有序地做着广播体操。她来晚了，气喘吁吁地跑到队尾，而你正是站在最后的那名同学。

平时你是那么讨厌做操的人，突然就爱上了体转运动，因为每个转身都能看到她的背影，暖暖的阳光照应着她的侧脸，那一刻，她真好看。

太年少。不知道那是爱情，还是一种单纯的吸引。你鼓起勇气告白的那天，她点了点头，空气好像都变得甜了起来。

你以为这就是世界上最好的爱情了，你以为世界上没有任何人比她更美好。

你以为永远就会永远。

高中的作息时间都是很变态的，早上七点钟上学，晚上九点半放学，中午、晚上吃饭时间就一个钟头，中间下课时间只有可怜巴巴的十分钟。对正处在热恋期间的情侣们，这个时间表绝对是残忍的。尤其是身在一个班的情侣，明明看得见，却只能抽空飞个眼神过去，想拉拉手，也得等到晚自习放学后。

那时候，上课期间是明令禁止携带手机的。纸条，理所当然成为了情侣们互诉衷肠的神器。

为了不被老师发现真实情况，大家发明了各式小暗号，表达得都很委婉。

有一次小男朋友的纸条传过来，上面写了三个字：ME 2 你。

中英文数字相结合啊。再仔细一琢磨，"我爱你"，心中各种甜蜜啊。

男朋友的形象瞬间就高大了，看咱对象，智商爆表。

不过你都能一眼看出来，老师就真的看不懂吗？

两个人座位离得近，传纸条当然没问题，但是一串座就悲剧了。两个座位隔着十万八千里，尤其中间还隔着学习委员。小纸条再也传不下去了。

怎么办？怎么度过那漫长的自习课？

写情书啊。刚开始是一张纸一张纸地写，放学了找个机会偷偷塞给她。她在路上看了一遍又一遍，熟得都快背下来了。然后问题就来了：

扔了吧，太可惜。怎么舍得？

带回家？太恐怖了，被老妈发现怎么办？

战战兢兢带回家，跟打游击战一样，东躲西藏，放在一个隐蔽的地方，终于保住了那份青春的纪念。后来，情书变成了交换日记，两个人一人写一本，回家老妈看到了就说是上学时候的课外活动，锻炼写作文用的。

内容当然也不敢太露骨，以学习上遇到的问题为主，但是傻姑娘只要看到了他熟悉的字体，就像看到了全世界。

在老师和家长的双重夹击下，居然还保住了早恋的成果。结果，又遇上了情侣必经之修炼：吵架、吃醋，闹别扭。

那时候，我们没有那么多的生活经验，也没有那么高的情商，更不知道所谓的现实到底是什么。但这爱情没有金钱的牵绊，也不受家庭背景的制约，想哭就哭，想笑就笑，开心和不开心都写在脸上，简单而纯粹。

那时候吃醋的理由，现在看起来也特别搞笑。体育课，你和别的女生分在一个组了；你接受了别的男孩硬塞给你买的冰淇淋；你今天没有戴我给你买的手表；昨天晚上我发给你的信息你居然没回。

甚至连老师的醋也吃。上课的时候，老师手把手教你实验了；实习老师长得那么好看，你为什么总盯着她看

……

一生闷气，两个人就开始冷战。几节课没说话，男孩儿基本上就坐不住了。想想咱大男子汉，也不能和一个小姑娘一般见识。最主要的是，好几节课没跟她说话了，有点儿想她。

于是就想各种和好的方法。下课给她买她最喜欢的冰淇淋，晚自习翘课去给她买一杯奶茶，深情款款地写一整页道歉信，在本子上写她的名字，写完一页又一页。

嗯，接着她就破涕而笑了。

用不着买 iPhone 7，也使不上 iPad，更不用登录她的淘宝账号清空她的购物车。那时候的女孩儿，傻得可以，不管多生气，只要你一个真诚的微笑就够了。

踏入社会之后的爱情，来得不是太随意就是太刻意。大街上就可以要来一个姑娘的电话号码，打开微信随便摇一摇，说不定就能摇来爱情。两个人刚认识没几天，就宣布恋爱关系的事，一点儿都不足为奇。恋爱了几天，很快又宣布分道扬镳的也实属正常。轻而易举就能得到的东西，谁会知道珍惜？

初恋的时候，你们的爱情，弥足珍贵。拉拉手都要躲过老师的视线、父母的眼光，趁着同学们的注意力在别处，你轻轻地、偷偷地握一下她的小手的那种满足感，就像得到了全世界。

那时候不懂怎么去关心人，也没人认真挑剔那些细节。她总是胃疼，却爱吃零食。你心疼她胃疼起来的样子，就一把将她刚买来的零食粗暴地扔掉。

他很有绅士风度，从来不跟女生斤斤计较。于是那些女孩子觉得他好欺负，一次次拿走他的试卷，他又不好意思直接去跟她们去抢，于是你冲上去帮他把试卷抢了回来。你从来不怕别人说你彪悍，只要在他眼中的你是温柔的就好。

有次你们的成绩双双下降，惨不忍睹。班主任气得口不择言，说就这样还上什么学，回家结婚去吧！你们惭愧得三天都没有互相说话，深知这个年龄还是要以学习为主。那时候，你暗暗发誓，只要你考上了中意的大学，就一定跟她永远都不分开。

和她在一起，就是你最幸福的事啊！

但是最后的最后，你们还是分开了。现在的你有时间、有精力、有金钱可以给她一个美好的未来了，曾经的那个她却再也找不回来了。

有人说，初恋总是最美好的。它的美好，往往是因为它的不完整。初恋在青葱的岁月里，有懵懂的悸动，有不掺一丝杂质的情感。但不成熟的你，过早遇到爱情，错过了就是错过了。

因为父母老师的阻挠，你们最终没能在一起；

你们经常吵架，最终走向分离；

你俩有一个没考上大学，再不是一个圈层的人；

你们都考上了一所大学，最后却没熬过异地的考验；

最后你们的生活里出现了命中注定的那个人，回头再看初恋的感情就像两个小孩子过家家。

……

理由太多，但最后的结果都是分离，应了班主任那个"百分之九十九要分手"的预言。

嗯，未来太长，不确定的因素太多。

多年以后，你在朋友圈里看到了他要结婚的消息，恍若隔世。距离你们曾经的感情已经过去了十年、二十年，你甚至都快不确定你们之间到底有没有发生过那些故事了。可是，看到那个"最熟悉的陌生人"的消息，你的心里还是剧烈地颤抖了一下。

或许，你已经记不太清楚那个人的样子了；或许，你们的故事也都大半变得模糊了，但你却还记得当初那种感觉，不为那个人，就为初恋的那段记忆。

毕竟，青春里，有个人曾经那样欣赏过你。

从什么时候起，你和曾经最要好的朋友疏远了

某天深夜，我睡不着觉，百无聊赖地刷着朋友圈。

嗯？小七？

朋友圈里的小七正和朋友出游，自拍照中笑颜如花。记不得多久没跟她联系了，她好像也不常发朋友圈了，以至于她的名字我都快要在脑海里淡忘了。

你有没有这样的经历？曾经要好到知道你一切秘密的朋友，不知道从什么时候开始，突然就淡出了你的视线。等她再次出现的时候，好像过了半个世纪之久，你甚至都快忘了，你们曾经居然那么要好过。

总有一个点，让你们的友谊渐行渐远。

是什么原因，让你下决心跟一个朋友疏远的呢？

吃不了一点儿亏，小聪明全写在脸上

妈妈告诉我，找朋友要找比你强的，这样你才能学到东西。但是有些朋友，那是真聪明，嗯，真聪明。

眼珠子一转，满身都是心眼。照相的时候使劲往前凑，买单的时候却总是往后退。台前的活儿干得体面，幕后的工作一概不做。买衣服的时候，检查得那个仔细啊，连一抹浮尘都不放过。

明明是两个人约饭，必须得先可着她的时间来，到她家附近的餐馆就餐。吃什么，人家点。聊天的时候，不管你说了什么话题，只要不符合她的观点，就分分钟跟你抬杠，不抬到她获得最后的胜利，绝对不会罢休。真是霸气到没朋友。

好，如你所愿，现在你没朋友了。

智商低就不说什么了，情商也低到谷底

一起去吃饭，总是只拿自己的碗筷。同行的朋友看见 ta 去碗筷处了，也就没动身，回来看见没有自己的，很是尴尬。

永远没有时间观念。说好了五点钟约定到某个地点，她五点半才到。不管你是在大雪天站了半个小时，还是在大雨天即使撑个伞还是被浇成了SB，好像都与她无关。明明就是她没把两个人的约会当回事，所以迟到了，

居然还找那么烂的借口：车好堵啊，堵了我半个小时呢——事实上，刚才她坐车过来的那个方向，车流顺畅得简直像抹了油。

大学室友扫地擦桌子，就擦她用的那一块儿。出去打水，永远就拎自己的一个壶。从不帮人占座，也从不帮人答到。

可能你会说，这有啥，她可能自己独来独往惯了呗。

关键是，她总求别人帮她打水，让别人帮她占座。

没事聊个天吧，专门往别人短处戳。朋友长得矮，说到激烈之处，她上来就是一句"你个臭矬子"。别人长得高，她就换上一句"你个傻大个儿"。

别人自黑闹着玩的时候，总有人上去神补刀。一个同学得了某个作文比赛的第一名，当时这个奖项还非常难得呢，就有好多人来给他祝贺。他肯定是要谦虚啊，连连说"写得不好，写得不好，其实就是小学生水平"，旁边一个同学马上补上一句：是，我看了，也就比小学生强那么一点点而已。

空气瞬间凝固，我猜，他俩友谊的小船也要翻了。

抠啊，令人发指的抠

刚开始呢，她总是积极参加各种聚会，蹭各种人的饭，就是不请客。

两个人出去吃饭，抢着埋单的时候，你往前迈一步，她准保往后退一步。等你埋完单了，她假装不忍心地说一句：要不，我们 AA 吧。你客气地说"不用，不用"，然后她就真的"不用"了。

别人对朋友圈的微商，唯恐避之不及，纷纷屏蔽。她不，她跟每个微商朋友都聊得火热，目的就只有一个——要、东、西。

你有试用装吗？可以试用吗？给我试试好吗？

然后是，她刚好卫生纸用完了，需要借用一下你的卫生纸，你觉得两个人同在一个屋檐下生活，不过是一卷卫生纸，就大方地告诉她存放的位置，让她自己去拿。然后，她就毫不客气地去拿了。渐渐地，她开始用你的洗发水、护发素、化妆品……她总是每次都不凑巧，好像得了健忘症，每次都忘了买。后来，她借用的范围又延伸到你的衣服上了，从居家的睡衣到价格不菲的大衣，甚至连你的内裤她都要穿——

别紧张，是新的。她说很性感，能不能让给她？

如果你是土豪，你就是乐善好施，只要你高兴，你愿意，你完全可以继续跟这种朋友保持良好的关系。但大家都是早八晚五上班赚死工资的普通人好吗？没有谁的钱是大风刮来的。按理来说，父母都只需要养你到十八岁就算尽完抚养义务了，朋友就更没有养活你的义务了吧？

没事总借钱，借了还不还

有没有比抠门更让人忍受不了的？有啊，抠门是抠自己的。借钱，
是要拖你的生活水平下水。
我有个朋友，就是因为她太爱借钱我才把她拉黑的。

你可能会说，没钱就不借啊，拉黑人家干啥？可是，如果你有过这
样的被借钱体验，可能你就不会这么说了。
我们只是同学，关系并不是很近，只是在偶然的机会里认识了，就
互加了微信。她第一次跟我借钱的理由是，她想报四级补习班，还
缺五百块钱，问我能不能先借她用一下。
我发誓，其实那时我真有想借给她的心了，虽然当时我的生活费一
个月也就一千块。可是她借钱的时候正逢月末，我当月的生活费已
经花得差不多了，而系里的奖学金还没发下来，我自己吃饭都成了
问题，不得已只好拒绝了她。我想，报补习班是好事啊，她自己钱
不够，她家里应该会支持她的吧。
然后，我突然发现根本不是那么回事。她和她男友去香港玩了。朋
友圈里全是他们发的港岛美食美景照片。咦，说好的缺钱呢？
好吧，你们开心就好。
没想到，她从香港回来又跟我借钱，这次的理由是，她想和男朋友

出去住，没钱租房了。

我就觉得很奇怪啊，明明在学校住得好好的，干吗非要出去住呢？

于是又没借给她。

不过，我真没见过这么锲而不舍借钱的人。大学四年，她跟我借钱不下二十次，理由各种各样。脚脖子崴了、要买苹果N代、男朋友出事儿了、挂科了要补考……一开始我确实是凑巧没钱借给她，后来渐渐警惕起来，一次也没借给她。等她第二十次跟我开口借钱的时候，我想了想，直接把她拉黑了。

后来，据说身边的朋友都被她借过钱。凡是借给她的钱，最后都没回音了。

帮人办事，办成了冤家

有些人吧，就觉得别人做什么事都是举手之劳——给我拿个快递呗，给我带个饭呗，给我倒杯水呗……一旦别人拒绝了，她的表情就像欠了她人情一样。

大家都很忙的，好吗？

大学毕业的时候，有个奇葩朋友到处托人给她寄毕业证。谁都知道毕业证不能补办，寄丢了还受人埋怨，谁都不愿意帮她，就我心一软，答应了。

用的是顺丰到付，她给我的是她家地址，她父亲的电话。

毕业证到了，却好长时间没人取，顺丰就给我打电话了。毕业证是大事儿啊，我就把电话给她爸爸打过去了，讲明了事情的原委。

谁知她爹多说了一句"没时间"，就把电话挂了。

接下来的事情就超出我的三观了，不一会儿她给我来了电话，我刚摁下接听键，就听见她对我的一顿炮轰：

"快递到了就到了呗，又不用你付钱，你给我爸打什么电话？他那么大岁数了，你打扰他干什么啊？你懂不懂事？懂不懂尊敬长辈啊？"

我擦，气死我了！我拿起手机就想把她拉黑，却意外地发现，她已经早先一步把我拉黑了。

早晚都是拉黑，我为什么要答应帮她寄快递啊？

真 TM 脑残！

直到现在，一想起这事儿，我还是恨不得想抽自己两大嘴巴子。

有了男人，忘了朋友；丢了男人，想起朋友

这种朋友也不得不吐槽，单身的时候，跟你好得什么似的，隔三差五就约你出来聚个餐，两个人还经常一起上街买买买。

突然有一天，这个人就像人间蒸发了一样，手机不接，微信不回。

最后打听后才知道，人家是交了男朋友。

然后这个朋友就从你的世界消失了，你唯一能看见她的地方就是朋友圈，各种秀恩爱。买衣服秀，吃饭秀，做饭秀，拍照秀，看电影秀，秀到让你透彻地知道，你作为一只单身汪是有多么的悲哀。

直到有一天，一个陌生电话号码突然打过来，你刚接起来，就听见对方在电话那端哭得梨花带雨。虽然这个哭腔既熟悉又陌生，但是仍然让你很心疼。

于是你让她在你家里借宿，整夜陪她喝酒，听她倾诉，跟她一块儿骂那个男人"人渣""王八蛋"，甚至一起上街血拼，只因为你知道购物也是缓解伤痛的好办法。

一段时间以后，她终于恢复了平常的生活。跟你和好如初，又亲密了起来。你们友谊的小船平稳地向前航行着，你也一直以为这小船会永远平稳地航行下去。

当然，事实并不是如此。有一天，这姑娘又莫名其妙地消失了。而她告诉你她滚蛋了的方法，是你在微信上对她说"生日快乐"的时候，系统突然出现一条灰底白字的信息：XXX 开启了好友验证，你还不是他（她）好友。请先发送好友验证请求，对方验证通过后，才能聊天。

你瞬间就无语了：我做错了什么，为什么把我拉黑了？

你气冲冲地把电话打过去，问她你到底怎么惹她了。电话那头说：

对不起，跟你没关系，只不过我跟某某复合了。我当初跟你说了那么多他的坏话，我觉得特别对不起他，而且当时你也骂了他，我觉得你对他也不是很友善。所以不好意思，我不能和你做朋友了。

好，再见！滚犊子吧，有多远滚多远！

说了这么多对朋友的故事，很有可能这些事情就发生在你我身边。两个人之所以成为朋友，或是志同道合，或是当时正寂寞，或是机缘巧合，总之你们成为了朋友。但是，即使再投缘，你们也是独立的两个人，肯定有不一样的个性、不一样的兴趣，以及不一样的想法。因此，不一样的两个人相处，不可能没有摩擦，或许偶尔还会有一些"激烈的"小碰撞，但两个人相处肯定要相互磨合。那些曾经不管天有多高水有多深都陪你一起闯的朋友，你回想一下，有给到他们足够多的包容吗？

友情，虽然不像亲情那般紧密，也不像爱情那般甜蜜，但当你茫然无措时，总会有一个身影在旁边陪伴着你，用温暖的声音安慰着你。你们没有血缘关系，没有一纸契约，她却愿意为你付出。这就是朋友。既然是你选定的朋友，就希望永远不要有散场的那天。

祝愿友谊的小船一帆风顺，祝愿天下的好朋友一直都是好朋友。

真诚感谢那些出现在你生命中的贵人

如果说人生如戏，那么每次你演不下去的时候，总会有导演跳出来为你指点迷津。

扮演导演角色的，可能是你的爸爸妈妈。
我小的时候，不知道跟谁学会了骂人，老妈就把我关到小黑屋里，我哭都找不到门。如果我接过别人的东西没说谢谢，回到家老爸就会拿起长长的尺子打我手心。虽然那种疼痛感我早就忘了，但现在的我从不说脏话，也很讲礼貌。他们说我是个有教养有涵养的人。

扮演导演角色的，也有可能是当初你恨得牙痒痒的老师。
小时候我性格内向，上课的时候从不敢举手发言，谁鼓励都不行。

小学班主任老师发现我这个情况以后，几乎次次上课都点我的名字，有问题没问题都让我发言。她说多发几次言，慢慢就习惯了，自然也放得开了。说实话，我很感谢那位老师。没有她，就没有现在可以在公司大会上侃侃而谈的我。

可是，那些在你困难的时候愿意拉你一把的人，现在都怎么样了？

从小到大，我遇见的贵人好像还真不少。爸妈暂且不算，没这两个贵人生我养我教我，世界上肯定没有我这个人。然后是没什么血缘关系的贵人，好像也有不少。活了二三十年，我总是感觉自己没事儿就走狗屎运，明明感觉前面的路已经被堵死了，咦，这时候突然就出来个贵人，领着我就从小道钻出去了。

小学时代，我的第二个班主任姓马。我现在能坐在这里写字，都是因为她。

小时候的记忆懵懵懂懂的，也不一定记得准确。大概来说，就是小学一年级上学期上完，因为家里搬家的原因，我转学了，转到了一个重点学校的重点班。刚到一个陌生的环境，什么都不习惯，上课注意力也不集中，也不爱说话，回家了作业也不知道该怎么做。

我们这个马老师，看到我这副死气沉沉的样子就不乐意了：我们班都是好学生，怎么能有一个又不写作业，又不好好听课的呢。如果她当时放弃我，我感觉也挺正常的，毕竟好孩子那么多，她没事儿管我那么多干吗？

可是，下课后，马老师来找我聊天了，问我上课为什么不好好听讲。我也不说话，就看着她。她问我最喜欢什么课，因为她是教语文的，我就说了语文。她说：那你就好好听语文课，听不懂就问我。

剩下的不记得了，就知道不久之后有一次写作文，她表扬我写得好，然后在班里大声把我的作文念了一遍。这是我在这个新班级第一次受到表扬，简直是受宠若惊啊，她跟我说：你很有天赋，好好写作文，以后没准可以成为一个编辑。

那年我九岁。我就记住了，后来别人问我以后想做什么职业的时候，其他孩子都说什么宇航员、科学家、教授，就我说想做编辑。说完了他们都笑，说：你知道什么是编辑啊？

然后，这个愿望就坚持了十多年，直到后来我真成了一名编辑，这个坚持了十多年的梦想终于实现了。坚持了十多年啊，也成为了我日后吹牛的资本。后来再看我写的那篇作文，其实和其他小朋友写的没什么两样，也不是什么天赋。要说天赋，可能就是因为老师那句话，我养成了爱读书的习惯。我即使不吃饭不睡觉，也要看书。因为长时间的积累，写作从单纯的爱好变成了我生命当中重要的一部分，也成了我现在赖以生存的职业技能。

谢谢你当初的鼓励，让我确定了人生的方向。

大一刚入学的时候，我遇到了两个不着调的贵人。当时，我刚报完志愿，对大学充满了向往。那时候流行 QQ 群，我就加了一个某大学新生交流群，里面的群主是两个学长。

当时我还不知道什么是"防火防盗防学长"，我的分数有些压线，也不知道能不能被录取，心里非常忐忑，就一遍遍地问学长，希望能得到第一手的消息。学长也乐意帮忙，经常给我答疑解惑，甚至还帮我去教务处问，忙前忙后费了不少心。

后来我果真被录取了，听学长说，他跟我正好是一个学院的，还主动帮我安排了朝南的寝室。我当时感觉这两个人简直太好了，琢磨着上学以后一定要请他们吃饭。

入学了，我才发现这两个学长确实是学长，只是年纪比较大，比我早入学了十多年，是老学长。他们毕业之后就一直在学校附近创业。身边的朋友都劝我离他们远点儿，说这种老男人看着就猥琐，接近新学妹肯定有什么不可告人的目的。但我的想法是，人家开学之前帮了你这么多，也没有用完人家了就不联系了的道理。

上学后，我找了个艳阳天，请他们吃饭。饭局上，他们聊到想投资办一个校园杂志，刚有这么一个构想，还没开始拉赞助。我刚好读的是传媒专业，对办杂志当然很感兴趣，就谈了谈我自己的想法。结果，我们三个一拍即合，就着手去做了。

大二的时候，别的同学还在社团、学生会等组织参加竞选的时候，我已经是校园杂志的创刊主编了。我采访过校领导、知名校友，还有多位企业领导，早早地接触了杂志的出版流程，从策划、撰稿到排版，都略有涉猎。

虽然这本杂志生命不长，在我毕业之后就夭折了，但是这种一群人不为利益、不为功利，就为了自己的兴趣，通宵达旦地想创意、排杂志的日子，现在想想还是觉得特别有意义。后来，在毕业后找工作的时候，我谈到这段经历，面试官觉得实在难能可贵，初试、复试原本各需要半天，但两个小时后他们就决定录用我了。

谢谢你们，让我初入职场，就不再是个菜鸟。

我毕业后的第一份工作，也就是两小时面试后就通知我入职的那个，也是一路遇贵人。当时我没做好要来这个城市发展的准备，在这里我也没有一个朋友，拎个行李箱就来了。面试的时候我跟经理说，我现在还住着旅店呢，如果下午没有录用通知我就回学校了。

于是两个小时之后，她就通知我第二天可以去上班了。而我在这里因为没有租好房子，也没有朋友可以帮忙，实在不知道该从哪里下手。

经理就利用下班时间，给我找了好几家中介，第二天就把房子定下来了。

没有那个经理，我现在在哪个城市真是个未知数。

可惜不久之后，那个经理就离职回家生宝宝了，现在生了个可爱的大胖娃娃。

谢谢你，让我有勇气独自在一个陌生的城市生活。

说件朋友的事吧。当你遇到一件很棘手的事，旁边有个朋友正好给你雪中送炭的时候，那种感觉简直太棒了！形容一下，就是眼泪都快要掉下来了。

有一次，我们五个编辑一起整理采访提纲。一个人要采访好几个老总，都快十点了还有人没定稿，那场面，堪称是鸡飞狗跳，焦头烂额。

突然之间，我发现刚刚提交上去的采访稿的名字打错了，而且都已经定完稿了。五分钟之内，如果不做修改的话，那就百分之百修改不了了。最重要的特刊，把领导名字打错了，属于重大失误，那后果想都不敢想了。

我找到负责给我的采访稿设计排版的美编，十万火急地要求改稿。美编才不管你三七二十一，就说手里活儿太多，排队改。但看他的工作速度，能改到我这个错误，至少得等两个小时。

我快要绝望了，心想这次一定要死了。就在我急得直想跺脚的时候，身后的另一个美编朋友把我叫了过去，问我哪儿需要改，她先帮我改了吧。

当时那种局面，每个人忙自己的活儿都忙不过来，完不成任务不仅要加班，还要被领导批评。一个年年上光荣榜、从来都按时按点儿出稿的美编，放下了手上所有的活儿，帮我去修改本来跟她毫无关系的一个稿子。

看着她给我改稿，我的眼泪真就在眼睛里打转儿了。我在心里暗暗说道：不管她以后遇到什么事儿，只要她跟我开口，不管怎样我都要给她帮忙。

谢谢你，在我最需要帮助的时候，向我伸出了援手。

说起这个话题，真是各种回忆在脑海中闪现。不管你是十多岁，还是五十多岁，从你开始懂得感恩的那一刻开始，你生命中就会出现很多你忘不掉的贵人。

可能这个人只是在你手上拿了太多东西的时候，帮了你一把；
在你着急去火车站赶火车的时候，让你插队取了票；
当你骑电动车摔倒的时候，那个人不怕被讹诈，上前扶起了你；

在你人生迷茫的时候，有人用亲身经历给你上了重要一课；

那年你在外漂泊、走投无路的时候，她收留了你好几个月；

你事业遇到瓶颈的时候，他给你找了一条新的出路；

你因为一件事受了莫大的委屈，他刚好看见了，说出了事实的真相；

在你的感情空白期，他作为男闺密，照顾了你的衣食住行；

你自卑、无助、否定自己的时候，他给了你肯定，鼓励你前行；

……

诸如此类的故事，实在太多了。这些贵人，可能跟你只有一面之缘，可能是你终身的良师挚友，可能只为你搭了把手，也可能，他的无心善举改变了你人生的方向。

这些在你生命中走过的贵人，是你始终在心底想要感谢的人。

当然，你也可能是别人的贵人，这个世界从来就不缺少善意。

单身狗恋爱指南：情侣互撩手册

平安夜的雪下得真美啊！小情侣们吃着炸鸡，看着小电影，去酒吧喝个小酒，去 KTV 唱着小曲，然后然后……哎哟。

行了，这些跟你并没有什么关系，因为你是单身汪。
真奇怪，这年头怎么还会有"单身汪"这种物种存在。

前几天在地铁上，一个挺漂亮的姑娘，拎了好几个大小包裹上车。
姑娘大眼睛水汪汪的，引来一票男同胞的目光。
终于有个有贼心又有贼胆的男生上去管姑娘要微信号了。结果他一张嘴，直接就来了一句：你好，同学，我想和你成为朋友。你有男朋友吗？能把你的微信号告诉我吗？
拜托，你还生活在上个世纪吗？这种搭讪的方式，早就 o-o-o-o-

o-o-o-ut 了！现在都讲究一个"撩"字，用这种方式打招呼，长得帅的人另说，长的一般的，谁敢给你微信号？这多不矜持啊，再说，谁知道你是不是隔壁的怪蜀黍啊。

果不其然，姑娘抬头看了他一眼，淡淡地回答：我没有手机，更没有微信号。啧啧，这拒绝得也够不走心的了。看来姑娘连台阶都没给他准备啊。

哥们，啥叫"撩"？看看这个字的偏旁部首，你得先动手啊！看看姑娘在哪站下车，她拎那么多东西，那么吃力，你就在旁边微微一笑：同学，你在某站下车吗？我也从那个站下，要不我帮你提一下吧？

接下来就是试探，问一句你男朋友来接你没。如果她回答：嗯，他在地铁站出口等我。这时候，你就可以琢磨等下怎么撤退了。万一她回答自己没有男朋友，那你的机会就来了！这必须得亲自护送她回学校啊。一路上，那机会可就太多了！你可以用各种方式问她的联系方式。如果姑娘对你有好感，临分开的时候除了说句"谢谢"，十有八九会补上一句，"有空请你吃饭"。

哈哈，等的就是这一句。

一来二往，多么完美的脱单计划。

Ok，Ok，毕竟不是所有人都能深谙"撩"的精髓，就让俺——超级玛丽，给你说道说道这互撩的技巧吧。

互撩之"如何撩女生"

我有个男同学甲，看中了班上一个同学的闺密。姑娘那小身材好的，简直是宅男杀手。但甲就非得说她胖，没过一百斤也是胖，就叫她猪啊猪头啊猪宝啊，叫得她都怀疑她是不是真的胖了，居然开始减肥了。某天聚餐，姑娘就坐甲男旁边。别人让她吃东西，她说减肥呢不吃。甲顺口接了一句，吃吧，他就最喜欢肉肉的女生。然后，就轻松地把小姑娘追到手了。

我们公司有个同事，小白领一枚，有辆车。每天送女票回家的时候，从来不让女票自己走下车。下车的时候他都轻轻说句等他一下，然后下车绕过去开车门。有次他女票娇羞地说不用了，她自己会开门，那么麻烦干吗。他就说，他的女人从来不需要动手做这些事情。那一瞬间，别说他女票，连我都感觉这男的帅爆了！
有一类男人，永远会走在你前面，为你开单位门、商场门、电影院的门、地铁的挡风门，你只要优雅地走过去就好，那些个瞬间，你会觉得自己像个骄傲的公主。

这样的男人，肯定有发展前途。

你的女朋友生气的时候，别再想什么解释啊、辩解啊、讲道理啊，都没什么用，男同胞们应该对这点儿深有体会。不管对方有多生气，有多少天没理你了，站在她对面，看着她发泄，保持微笑就好。等她说完看你没反应，开始捶你的时候，紧紧一把抱住她。注意，她怎么挣扎都不要松手，抱着就行。看她差不多累了，在她耳边轻轻但诚恳地说一句：

亲爱的，我错了。

必杀技，绝对的必杀技！

撩，有一个同音字叫"聊"。你得有充分的时间陪女票聊天，上班聊，下班聊，开会聊，尤其是深夜的时候，你女票正和一群闺蜜聚餐，喝得烂醉。这时候你一定要记得，不要睡那么死，她会给你打电话的。这时候你秒接，她肯定会觉得 24 小时你都陪在她身边，瞬间甜蜜感爆棚啊。

另外，你要衣着干净，绝对的干净。一位干净而朴素的男生，在阳光下静静地向自己走来——这就是所有少女的梦啊，"那天阳光正好，你穿了一件我喜欢的衬衫"。不管长相如何，只要不是太难看，白衬衫绝对是神器。加上个韩范儿的发型，一只手放在口袋里，大步流星地走向她——Oh My God，就连我都要晕了呢。

你说自己没长那么帅的脸蛋该咋办。没事儿，只要你有低沉的嗓音，也就无敌了。一口标准的普通话绝对抵得上一张帅气的脸蛋。千万不要说方言。北方方言太侉，南方方言太蛮，而且叽叽呱呱的，谁听得懂呢？而普通话就不同了。想象一下，宛如低音炮般的标准普通话从电话的那头传来——天啊，世界上怎么会有这么好听的声音，苏啊！

还有，男人最帅的样子，其实是全神贯注工作的样子。忙起来眉头微皱，拨通几个电话，好像什么都能搞定的样子，一切报表、报告、设计稿都不在话下，帅爆了有没有！有句话怎么讲，"认真起来的男银最帅"。在女票面前，只要目光坚定，对她一字一顿、认认真真地说清楚每一个字——不信她不听。

健身房，也绝对是撩妹的好地方。在跑步机上跑半个小时，在力量器械上运动得满头大汗，不需要一定有八块腹肌，女票保准乐颠颠地跑过来为你擦汗送水，还得一脸骄傲：瞅瞅，这就是我男票。

和健身房有异曲同工之处的地方是运动场。一个帅气的灌篮，一记漂亮的回旋杀，一脚霸气的射门……不管什么足球、篮球、羽毛球、乒乓球，只要是你的强项，那就尽情展示出来吧，你会享受她在台下为你尖叫的瞬间的！

互撩之"如何撩男生"

好好打扮。穿上自己最喜欢的衣服，缓缓地从楼梯上走下来，绝对能让男票的心跳漏一拍。我有个朋友，就是在一个"爬梯"上认识了他的女票。他说她穿着长裙从楼梯上缓缓走下的时候，瞬间让他觉得自己看见了仙女。
看来神话故事里的仙女姐姐，对宅男们是有很大影响的。

男票送你回来，在你家楼下恋恋不舍地告别。一定要抓住这个机会开撩。其实特别简单，你只要在自己家单元门口停下并回眸一笑，然后低头娇羞地跑回家就行了，剩下的，就留给你的傻男票，让他在风中心脏怦怦乱跳吧！

女票撩男票的必杀技是什么？
小鸟依人啊！越温柔越好，大部分男人都喜欢展现出来自己强大的男子汉的一面。这时候女人要是弱一些，他就会觉得自己是被需要的。

亲爱的，家里灯泡坏了，能帮我修一下吗？

亲爱的，罐头打不开了，能帮我拧一小下下吗？

亲爱的，我走不动了，你能背我一下吗？

别以为这是在麻烦你男票，这是在给他们表达的机会！配合上你娇滴滴的声音和迷人的媚眼，根本没有男人会拒绝。

如果你做错了事，他生气了，怎么办？

这么好的撩汉时机怎么能错过呢？

你什么都不用做，就盯着他看。就是盯着他看，还是盯着他看，盯着他的眼睛一直看。你的双眼要一直无辜地眨啊眨，眼睛越大，这招越好使。演技好的姑娘可以挤出两滴眼泪来，看上去就更梨花带雨了。

放心吧，不出几分钟，他自己就凑上来了。

那么，看见一个优质男，想让他成为自己的男票，怎么撩才能成功？

答曰：问问题。

学业上的问题，工作上的问题，业务上的问题，人际上的问题，和领导之间的关系处理问题……即使这些问题你都有解决的方法也只管去问他。千万不要让他知道你智商比他高。

就是一直问问问，问到他叫你"傻菇凉，傻瓜，傻狍子"，傻到让他觉得，你需要他保护，没有他，你怎么在社会上生存啊？

恭喜你，你离成功不远了。

你还可以跟他讲黄段子。其实女生稍微污一点儿，更可爱。他会突然发现：我女票还能这样呢，这么接地气？嗯，对，你讲完他就会脑补各种画面，甚至连你们孩子的名字都取好了。

撩汉的最佳地点，非游泳馆莫属啊。

"亲爱的，今天下午我们做什么啊？"

"哎呀，你陪我在家打游戏吧。"

"那多无聊，要不我们去游泳馆，你教我游泳啊？"

"这个，这个，当然好啊。"

相信我，没有一个男生会对穿着泳衣的女生不感兴趣。

撩汉、撩妹的路有千万条，只要你用美好的方式让他 / 她知道，你对他 / 她有好感，有兴趣，总有一条路，会让你走进他 / 她心里。

其实，P 友关系是最纯洁的男女关系

如果你没生在 1990 年以后，如果你对婚前性行为零容忍，看到有人婚前同居就像让你吃屎了一样难受，我建议你可以跳过这篇文章了。别误会，也不为别的，主要是怕你读了生气。

前不久当红小生小吴约了个 P，全微博都沸腾了。有人说"感觉不会再爱了"，把这事儿上升到了伦理道德层面，还有人义正言辞地谴责小吴作为公众人物没有起好模范带头作用……

等等等等，约 P 什么时候跟伦理道德扯上关系了？

大哥大姐大叔们，这是约 P 啊。约 P，约 P！！

不是出轨，不是嫖娼，不是吸毒！

没有女朋友，找个 P 友解决下生理问题，哪里就不道德了？

我曾经跟一堆朋友玩过"真心话大冒险"。一个男生被问到以前有没有约P的经历，他想了想，回答说有过一次。旁边的一堆女人马上起哄：哎呀，没看出来啊。你长得白白净净的，行为怎么这么肮脏呢？

约P就肮脏啊？真逗乐。

比起快速找个女票，不到几天就分手，P友明显纯洁得多。

在这个距离封建社会已经很遥远的时代，我觉得，最纯洁的男女关系就是P友。

没感情，千万别谈爱

人就是这样一种生物。恋爱时间长了吧，觉得没有自由了，特向往单身的生活，单身时间一久吧，又会觉得空虚寂寞冷。

在空虚寂寞冷的阶段，荷尔蒙突然爆棚，看谁都漂亮，看谁都帅，整个世界的异性都特别有魅力，于是找了个人，表了个白，两人就在一起了。既然在一起了难免就要啪啪啪，等荷尔蒙释放完，这时候理智回来了，开始觉得"啊，我怎么能跟这女的在一起？她长得那么丑，一点儿都不符合我的审美。她穿衣服这么没品，怎么带得出去啊。她学历那么低，根本就没有共同语言嘛"，或者"啊呀，我怎么能和这男的在一起？他怎么长这么矮？还这么娘娘腔，一点儿都不爷们儿！天啊，他一个月才赚两千块，还没房没车，以后我们怎么活啊？天啊，他女闺密那么多，就是一台中央空调啊，将来出轨不是分分钟的事儿吗？"

好吧，接下来就是找各种理由分手。如果对方对你正好也没什么感觉了，快刀斩乱麻也是挺好的。但一般能被你勾搭上的，都是对你有点儿感觉的。人家小伙儿、小姑娘还在那儿傻傻付出感情，憧憬美好未来呢，你已经开始绞尽脑汁想着该如何跟他/她分手了。

人家一哭，你心一软，藕断丝连的，又消耗了大半年。

现在社会竞争多么激烈啊，一年能干多少事儿啊，都让你浪费在分手上了。

如果明白当初自己的反应只是荷尔蒙作祟，找的是P友，哪来后面那一大堆麻烦事儿。

不需要感情互动，不打扰各自生活

P友的目的很单纯，两个人都明白对方想要的是什么，各取所需，然后就各回各家，各找各妈。

但你真正爱上一个人就不一样了。她开心你会笑，她难受了你也会跟着难过好几天。处处都要考虑对方的情绪，会吵架，会冷战，会因为对方一个眼神不对，就联想一大堆。

生日、纪念日、情人节、圣诞节、元旦、春节、光棍节、端午节、清明节……中国的各种节日，还有她的节日、你们的节日都要记得清清楚楚，早上先发个祝福，中午得送上礼物，晚上再来个烛光晚餐，这个套路稍有差池，就会激起一场血雨腥风。

刚才我说的这些，都是正常情侣的日常，都是需要付出时间、金钱和感情的，都是你真心实意欣赏对方想为对方付出，才会心甘情愿去做的。如果一方没有感觉，也没把这些事情放在心上，等着吧，迟早闹掰。

P 友就不会要求那么多，两个人的界限划得很清楚，甚至你都不知道对方是什么工作、什么身份，电话号码没有都是常事。约 P 的时候，恨不得想把对方的脸蒙上，出门你不认识我，我也不认识你。像小 G 娜那种约完了就以为自己是对方的正牌女朋友，在微博上任意招摇，这是约 P 界所不齿的。

你说，P 友是不是很纯洁？

别认真，需求，就是这么简单

某组织前几天都说了，长期没有性生活的人，可以被认定为残疾人。残疾人？那去地铁公交车有人让座没？如果别人问为什么要给你让座，那就尴尬了。你哪儿残疾，哪儿……残疾……

在中国，确实不好说这个啊。

还有各种调查显示，二十五岁以上的女人，如果还没有性生活，性格就容易变得越来越古怪。什么易怒啊，唠叨啊，焦虑啊，都有可能找上门来。

没夸张，确实如此，一个人身体的某项激素比例出现问题了，性格上出现改变也正常。

这就像你不吃饭会饿，不睡觉会困，不运动会胖，看电脑时间长了眼睛会疲劳，坐太久了腰椎间盘会突出一样。性，生理需求而已，千万别把它想得那么复杂，也别非得往感情上扯。

怎么没见你在吃饭之前，先跟食物谈感情呢？太可笑。

性跟爱分不开？明明就是两码事！

朋友小梦这几天特别烦恼，整天在朋友圈里发一些矫情的文字。我隐隐意识到她最近可能发生什么事情了。果不其然，这天她约我出来喝酒，说她失恋了。

她恋爱过吗？

我感觉特别诧异啊，这恋爱谈得，跟地下党工作似的，从来都没听她提起过。别人恋了发个朋友圈啊，秀个恩爱啊，或者把男朋友约出来见见面啊，她却从来没有。

听小梦讲，这个"男朋友"，她已经交往了半年了。半年前她通过微信"附近的人"认识的，又高又帅，一看就是她喜欢的类型。小梦那时候单身，也无聊，就主动和人家聊了起来。聊着聊着，她感觉还挺投缘的，就想约出来见一见。男的却拒绝了，说他现在不想谈恋爱，上一段感情他还没有完全走出来。但如果是以 P 友的身份，那倒可以试一试。

小梦也挺开放的，不就约个 P 嘛，也不算啥。她对那个男的也算一见钟情，想想就同意了。两人维持了 P 友关系大约有半年，在小梦的心里，他早就是她男朋友了。

直到前两天，那个男的跟小梦说，他找到了女朋友，想跟小梦结束 P 友关系。这下小梦傻眼了，顿时怒了，指责对方脚踩两只船。可人家男的却不认可她的说法，坚称自己跟她的关系从来就是 P 友，他从来没把小梦当成过女朋友。

其实人家男孩儿说的没错。一开始人家就说了，只想找你解决生理需求。本来挺纯洁的事情，你却不遵守游戏规则付出了感情，而这段感情又不是人家男孩儿强迫你付出的，人家有什么错呢？

后来小梦一哭二闹三上吊，死活不愿意"分手"，据说还哭黄了那个男孩儿的女朋友，仔细想想，男孩子也是太冤枉了。

弗洛伊德曾经说过，"人是一个受本能愿望支配的低级弱智生物"。你渴望权力，所以考取功名；你渴望金钱，所以下海经商。而在荷尔蒙的驱使下，你就会想约 P，这绝对是人性最单纯的需求之一，有什么可藏着掖着的呢？

如果欲望来了，你恰好是单身、离异者，没办法解决正常的生理需要，那选择一个同样具有此类需要的人约 P，没有男 / 女朋友，没有老公 / 老婆，并不违反伦理道德，约 P，这是再正常不过的事情了。不过，如果把约 P 搞成了什么小三上位啊，婚外情啊，诸如此类的，当然是有悖论理道德的，也是约 P 届所不齿的。

所以，一段纯洁的约 P 关系，你得保证如下几点：

第一，确定你是单身，你的 P 友也是单身，你们的啪啪啪，影响不到任何人。

第二，提前沟通好，你们只是 P 友，不要介入对方的生活。只要有一方结婚或者恋爱的话，就要马上结束 P 友关系。

第三，你要知道你想要的是什么。要知道，约 P 只是解决生理需求，在你们各自回到生活中的时候，你还是单身汪一只。如果你想要在生活中有人关心，有人爱护，而不是仅仅为了解决生理需求的话，那么你需要的是男 / 女朋友，而不是 P 友。

第四，选择约 P，当然是你开心最重要。如果你发现对方不遵守游戏规则，爱上你了，而你却没什么感觉，那就抓紧时间赶紧结束P友关系，免得害人害己。

我知道，此文一出，有很多遵循传统社会道德的人，或是认为结婚之前就不该上床的人，以及一些直男癌患者那脆弱的心脏肯定有点受不了。所以，请你们保持淡定理智的心情，尊重科学，就事论事，切勿伤及无辜。现实生活中，压抑三十多年原始欲望的人也有很多，他们很对，非常对，一点儿错也没有。请区别对待，谢谢谢谢，非常感谢。

在时间的路口，你我终成过客

时间能改变很多东西。人跑得再快，也跑不过时间。

我有个同学叫梦溪，大学的时候突然联系我说心情不好，要到我所在的城市散散心。我欣然应允了。

然后我就看到了梦溪的布娃娃，上面有红色水笔写着的她前男友的名字，还有扎得密密麻麻的小针，看起来非常触目惊心。

梦溪跟我说起她前男友的时候，那狰狞的表情，像极了容嬷嬷。

这是有什么深仇大恨啊。

我记得高中时候，他俩的画风可不是这样的。

梦溪是我的高中同学,她给我讲这个故事的时候,我们都是二十岁,刚刚考上大学。

她男朋友叫阿亮,高中的时候,我们都在同一个班级。他俩的感情,可谓是轰轰烈烈。那个时代,我们天天忙着被学习洗脑。早恋?那是十恶不赦的重罪。梦溪是班花,人长得漂亮,学习也好,是个温文尔雅的乖乖女。阿亮则留了个杀马特发型,从头到脚都打扮得很"非主流",特别彰显90后的个性。好在阿亮学习成绩不错,老师也拿他没辙。他俩的故事开始在一个晚自习后。那天阿亮召集了几个哥们儿,在自习室楼下摆满了心形蜡烛,大声呼喊着梦溪的名字,就是那种在大学里时常见到的最土鳖的求爱方式。

但是,当时我们不是在读大学,而是在读高中。对高中生来说,这可是个新鲜事儿。别人早恋都偷偷摸摸的,阿亮可倒好,大张旗鼓的,唯恐有人不知道。令人出人意料的,女主梦溪真的出现了,还当场答应了阿亮的求爱。

这回剩阿亮在楼下一脸懵逼了。

他以为梦溪肯定不会同意呢,其实就是梦溪早上收作业的时候,催他催得太紧,惹恼了他,他才来了晚上这一出,他就是想逗逗梦溪,办她个难看。他没想到梦溪真的答应了。

这转折未免有点儿太快。

但是只有傻瓜才会放弃梦溪吧。

阿亮可不是个傻瓜。

从此以后，校园里到处都有阿亮和梦溪的传奇故事。

传说中他们是唯一一对儿敢手牵手逛校园的小情侣。

两个人成绩都挺好，老师也睁一只眼闭一只眼。有位老师甚至在聊天时说：这两个孩子一动一静，挺般配的。男生脑子比较活，女生情商也很高。只要不影响学习，俩人也成年了。在一起就在一起吧。

2

就在大家都以为他俩肯定能一路走进婚姻殿堂的时候，意外出现了。

梦溪的母亲知道她俩的事情之后，大闹校长室，说学校眼看着她女儿早恋，老师竟然还坐视不管，这属于重大教育事故。她闹的动静挺大，校长没压住，到最后教育局也知道了。于是，校长、班主任统统受到了教育局的处分。然后梦溪的妈妈在办公室见到了阿亮，把他劈头盖脸一顿骂，说阿亮带坏了她的女儿，说什么都让阿亮退学。

这时候，阿亮的妈妈也来了。她是个普通的农村妇女，进屋就央求校长千万别让她们阿亮退学，她家娃不能再像她这样没文化。她穿得非常寒酸，站在拿着名牌包包、咄咄逼人的梦溪妈妈面前，明显是两个世界的人。

梦溪妈妈对她嗤之以鼻，说：就你们家这条件还想高攀我们家梦溪，怎么不照照镜子？然后又喋喋不休地说了很多难听的话，阿亮的妈妈也不还嘴，只是喃喃地说：对不起，对不起，全是我们的错，能让我家阿亮上学就行。

后来校长也没办法了，他们的事情只能让他们自己解决了。于是，校长把阿亮和梦溪也叫到了办公室，据说那天的办公室，是 N 中最热闹的一天。梦溪妈妈的叫喊声，阿亮妈妈和梦溪的哭声，阿亮的怒吼声交织在一起，太热闹了。

最后，阿亮的妈妈"扑通"一声给所有人跪下了。阿亮平时都酷酷的，有种对一切都不屑一顾的感觉，当时也急得跳脚，眼泪止不住地"刷刷"直往下淌。但是无论这对母子怎么做，都感动不了梦溪的妈妈，她依然扬着她高傲的头死活不松口。事情僵持不下，谁也不知道该怎么收场。不久之后，传来了梦溪割腕自杀的消息。

嗯，梦溪被逼得割腕了。幸亏发现得早，抢救及时，她没什么大碍。梦溪在医院醒了之后并没有抱着爹妈痛哭，只是冷冷地对他们说：我想见阿亮。

梦溪的妈妈再怎么强势，遇见这么决绝的宝贝女儿，伤心之余，也只得顺着她的意思走。

她毫无选择。

事情发展到女儿以死相逼这个地步，梦溪的妈妈终于决定不追究了，阿亮得以在原来的学校继续念书。生活依旧平淡地继续着，而梦溪和阿亮的感情就像不能说的秘密，没有人说，却传开了，校园里随处可见异样的眼光，这对 18 岁的梦溪造成了不小的影响。自此她的成绩一落千丈，但当时她跟我说，她不怪任何人，她只是觉得对不起阿亮。

可阿亮就不一样了，或许他妈妈那一跪把他刺激到了。从那以后，他收起了顽劣的一面，成绩上升得出奇的快，各种获奖证书纷至沓来，人的潜力果然是无穷的。

梦溪和阿亮的感情说来奇怪，就像那件事没有发生过一样。阿亮处处都像优等生，但是他依旧早恋。

江湖上关于他们的传说还有很多。

听说梦溪为了留在阿亮的班级，让她妈妈花了不少钱，可梦溪还是成了那个班里学习最差的学生；听说擅长文科的梦溪，为了留在阿亮身边，毅然选择学理；听说梦溪为了跟阿亮上同一所大学，她妈交了巨额的赞助费；听说梦溪和阿亮高三的时候就去开过房了；听说大一的时候他们就住在一起了，梦溪还为他打过胎；听说……

我不知道这些传闻的真假。直到大二的时候梦溪主动联系了我，就是她拿着扎满针的小布娃娃来找我那次。

梦溪告诉我，我听说的那些事儿都是真的。那次她还告诉了我很多以前我没听说过的事：阿亮三次把她打进了医院，其中一次还打成了脑震荡；她好几次把阿亮捉奸在床，后来阿亮更嚣张了，索性把小三直接领回家；阿亮教会了她酗酒，吸烟，让她浑身刺满了文身。梦溪说着说着，就哭了。她说，所有阿亮喜欢的事情，她都会去做，即使她再也变不回以前的梦溪，她还是下不了狠心分手。
是啊，五年的感情，什么大风大浪都经过了，最后却换来分手的结局？
任谁都会不甘心。

可是有一天，阿亮突然不闹了，他换上了干净的衬衫，露出了久违的阳光般自信的笑容。然后他牵着一个女孩儿的手，走到梦溪面前，说：这才是我真正喜欢的人，我们以后不要再联系了。

那个女孩儿不会抽烟，不会喝酒，没有文身，笑起来很温暖，一副娴静美好的样子。

原来这才是阿亮心中女神的样子。

4

"我当初就没喜欢过你，表白那天就是突发奇想，原本是要让你下不来台的。"

"为了我？你家有钱那就花啊，关我屁事儿。"

"我对你不好吗？发生那件事之后，你苦苦哀求我别抛弃你，我没抛弃你，是不是？"

"你现在变成什么样子跟我有什么关系？"

"打你？没有一个人能让我妈妈为她跪下，你妈妈做到了，母债女还，所以她欠的债就得由你来偿还。"

"你为了我变成了我喜欢的样子？你看看你现在都是什么样子了！"

"别侮辱我女朋友，你不配。"

欲哭无泪。梦溪没想到事情的结局会是这个样子。她七天不吃不喝，头发成把成把地掉。刚开始是哭，到最后眼泪哭干了，她就躺着床上不吃不动，只是呆呆地看着天花板。

我理解她为什么会去扎布娃娃。这个行为看似可笑，但她心里实在是恨极了，恨得没有办法，她不知道该怎么表达这些年她受的委屈。但她这么做也是徒劳的，渣男还过着幸福的生活，一点儿都没有受到影响。

梦溪在我这里整整住了一个月。白天我去上课，她就在我的宿舍待着。没课的时候，我就带她出去散心，听她讲这些年她的故事。
感觉好一些以后，她就走了。此后，所有的朋友都联系不上她了，她换掉了原来的手机号，新号码没有通知任何人。后来听说，她甚至从大学退了学。

5

再有梦溪的消息，是一年前，我收到了她的结婚请柬，她邀请我参加她的婚礼。
结婚照上的她笑得很灿烂，看起来完全摆脱了过去的阴霾，有点儿像高中时期那个美丽又阳光的女孩子了。
我提前一天去了她所在的城市。老友见面，我们俩的眼眶都是红的。

她跟我说对不起，当时她无法面对过去的生活，就与我们都断了联系。当年她回学校办了退学手续以后，就开始了外出打工的生活。每攒了一笔钱，她到处旅游散心，直到遇到了现在的老公。

本来她以为自己不会再爱了，就像言情剧里面演的那样，她觉得自己可能再也找不到比前男友更好的人了。她说自己当时心都死了，甚至做好了终身不嫁，一个人孤独终老的思想准备。她觉得自己一个人挺好。

直到现在老公的出现，让她第一次体会到什么叫做合适。

梦溪不完美，他也不完美。他离异后自己带着一个孩子生活，而梦溪虽然喜欢孩子，但刚好不想生孩子。他知道梦溪在想什么，也知道她需要什么。两个人一起外出旅游，一起创业。两个有故事的人心照不宣，不踏足对方的过去，只求现在幸福就好。

梦溪的前男友也结婚了，就是那天他领到她面前的女人。梦溪说后来她心平气和地去参加了他的婚礼，感觉他和那个女人还是挺般配的。那个可笑的布娃娃已经被她扔了，现在也记不清被她扔到了哪儿。

曾经爱得死去活来的人，再见面就是老友般的感觉。梦溪自己也感觉很奇怪，明明两个人性格、外貌、家世样样都不搭边儿，当初怎么就那么一根筋地喜欢他呢？

我觉得，故事的结局很美满。在遇到对的人之前，谁不曾轰轰烈烈地爱过一个不对的人？回首看青春，谁不觉得当年的自己很幼稚？

曾经伤害过你的人，可能是未来你最感谢的人。时间让人成长，时间也让人成熟，回头再看来时的路，我们竟然都有那么多故事可说。曾经放不下的人，曾经忘不掉的事儿，曾经走错的路，当时觉得前方已经无路可走，其实随着时间的流逝，一切的问题都不再是问题。时间的路口，你我都是过客，仅此而已。

我眼中的你永远年华美丽，盛开如诗

每个男孩的心里都有个她，永远年华美丽，盛开如诗。

PART1

说美女我只认她，世界上不可能有第二个人比她更美。

17岁，青春期，情窦初开。寝室的哥们儿都在讨论班上哪个姑娘最好看，讨论得热火朝天。后来我把她的照片拿了出来，照片上的她穿着花领白衬衫，水汪汪的大眼睛，白皙的皮肤，笑颜如花。

寝室的那帮哥们儿立刻就不淡定了，说哪儿认识的熟女啊，这么正。

我说别瞎说，这是我妈。

那是她40岁时候的照片，岁月好像在她脸上没留下一点儿痕迹。妈妈年轻的时候是个大美女，老爸是个帅哥。但很可惜，老爸只在我的记忆中和照片上出现过。

从小我就感觉我和别人不一样，倒不是因为我没有爸爸，而是一个怎么看都像才十八岁的老妈，领着一个五六岁的时尚小正太走在大街上，太多人会投来关注的目光。

她从来不强迫我学习，只要我不愿意，就可以不上任何补习班。但她却会因为我顶撞了到我家来作客的阿姨，三天都不和我说话。大概她就是觉得，懂礼貌比满腹学识更重要。恰好到最后我也是这么认为的。

这并不代表我学习成绩差。别人学习是为了考大学，至于为什么要考大学，或许是为了实现梦想（但或许他们连自己的梦想是什么都不知道），或许是为了有出息（出息是什么，能吃吗），或许是为了让他们的爸爸妈妈骄傲（活在别人的理想当中）。

我也是为了考大学，但我的目的很明确，上大学之后我就成年了，未来我要找个我喜欢的、还能养活老妈的工作。她那么漂亮，不应该为了我就委屈自己当服务员，卖服装，做收银员。我知道以她的条件再嫁个人根本不是什么难事儿。对于她要不要改嫁的问题，她只问过我一次。有一天，她小心翼翼地问我，是不是可以给我找个新爸爸。我一时有点儿迟疑，回答得慢了，她就再也没提过这件事。

当时我觉得家里确实需要一个男人，但那个男人应该是我，也只能是我。

今年我三十岁，我早已经长成了自己小时候期望的模样。只不过我总不在她身边，那张她四十岁时拍的一寸照片，一直都在我的钱包里珍藏着。

而记忆中，她一直都是照片里那样年轻，漂亮，落落大方。直到几天前回家，我蓦然发现，她竟然戴上了老花镜，曾经体重不过百的她现在已经有点儿微微发福。可她还是那么爱笑，只不过笑起来脸上多了化妆品都遮不住的皱纹。

有天早起，我看见她试图用染发剂遮住脑后的白发，就主动要求帮忙，她很开心地应允了。把她头发拨起来的那一刹那，我愣住了。原来不靠染发剂，她已经满是苍苍白发。
可能是我太着急长大，忽略了她也会变老。

她已经是 53 岁的小老太太了，但是这并不重要。她依然经常穿着她最爱的大红色，她笑起来依然如孩童般纯真，就算她变成了老太太，也是最美丽的老太太。

妈妈，我眼中的你永远年华美丽，盛开如诗。

PART2

我自从看了她一眼后，就再也忘不了了。

我原本是不相信一见钟情的，但又没有别的词语能解释这种现象，那我就承认是一见钟情吧。

都说一见钟情钟的是脸，遇见她之前，我也是这么以为的。但实际上根本不是那么回事儿，她只是静静地站在那儿，我就发自内心地觉得她美。在我眼里，她的举手投足美，走路姿态美，就连她的影子，我都觉得美。嗯，她美的应该不是脸，因为我最先看见的就是她的背影。等她转过身来，我觉得她笑起来更美了。

女生爱美，总是较真脸上的小雀斑，突然冒出来的小痘痘，皮肤是不是够白，发型能不能遮住大脸。其实没必要，喜欢你的人根本看不到那些。而不喜欢你的人，即使你妆容精致，华衣锦服，步态优雅，他也只觉得你跟人群中普普通通的路人甲没什么两样。

我记得那天她穿着一套粉红色的运动服，扎着干净利落的马尾。我总是跟哥们儿说，我最喜欢那种长发飘飘的美女，比如我的偶像张靓颖。但见到她之后，我开始喜欢女生的马尾了，觉得其他发型都是浮云。

后来我们就在一起了，毕业之后去了同一个城市打拼。她有她的梦想，我有我的追求，但我们有一个共同的目标：经营一个温馨的家。

在一起时间长了，就没有初次见面那种怦然心动的感觉了。我牵着她的手，就像左手牵右手。但你知道那种感觉吗？就是她对你说"只要被你牵着过马路，我就从不看车"，那种绝对的信任，足以满足一个男人的全部虚荣。

接着，就是我筹划了几个礼拜，当着她所有朋友的面进行的求婚仪式。她说她好久都没这种心动的感觉了。她不知道，在她点头的瞬间，我感觉我好像得到了全世界。

三年后，我们的小 baby 出生了。我们的儿子长得和我一摸一样，但眼睛像她。她就说可能她小时候跟《哈利波特》一起长大，小哈利眼睛长得就像妈妈，而其他的地方都像爸爸。

我笑了。两个人的幸福就是我懂你在说什么，你懂我的心。我们心照不宣，什么时候都有话题。三个人的幸福，就是在一起，什么都不说，就已岁月静好。

慢慢的，平凡的日子一天天过去，孩子也渐渐长大了。有人说再美满的婚姻，也有 100 次离婚和想掐死对方的念头。但不知道为什么，

不管我们怎么吵架，我都舍不得掐死她，更觉得一生实在太短暂，
在一起的时间都觉得不够，何况总要分开的。

再后来，我开始驼背了，耳朵也听不太清楚。而她，戴着老花镜，
和我吵架的声音也不那么大了。终于我们可以坐在摇椅上慢慢聊，
手拉着手，尽情回顾这一生，过往那些片段就好像刚发生在昨天。
我们都不惧怕死亡了，因为身边有彼此，竟然那么温暖踏实。

你总喜欢说：哎哟，我不行了，是个老婆子了。

而我眼中的你，还是那天阳光满满，你穿着粉红色的运动服，扎着
干净利落的马尾的样子。
你偶尔朝我回眸一笑，还是那么美。
我眼中的你永远年华美丽，盛开如诗。

你能伤害的，只有爱你的人

你能伤到的，都是爱你的人，因为不爱你的甲乙丙丁，你想伤也伤不到。

我身边有个朋友，青春期的时候特别不懂事，学人家去网吧、交女朋友，还经常和几个小混混在一起。

有一次，小混混出去约架，让他帮忙，他同意了。结果，他妈妈不知道怎么提前知道了这件事，说什么都不让他出去。他为了所谓的兄弟义气，执意拎着把尖刀要出门。世界上哪个妈妈看到儿子要出去惹事，会不担心呢，于是他妈妈就堵在门口拦着他。结果这小子一着急，情绪一上来，就捅了妈妈一刀。

血流出来的时候，他自己也傻了，赶紧打电话叫110、120。好在小孩子下手不重，并没有伤到要害，120把他妈妈拉到医院做了个简单的小手术，也没有什么大碍。

在医院里，他老妈醒来的第一件事，居然是大声喊：让我去死！让我去死！我要自杀！

她歇斯底里地喊着，把在场的人的心都要震碎了。

大家都以为是孩子伤了妈妈的心，妈妈才不想活了。也是，谁摊上这么顽劣的孩子，都得着急上火，更别说是亲妈了。

旁边的人好不容易把她的情绪安抚下来。可接下来她说的话，让所有人都落泪了。

"警察在哪儿？我是自杀，我真的是自杀。我的孩子现在在哪儿？"

所有人这才恍然大悟——她喊了这么半天，不是因为受的刺激太大精神失常了，而是想把一切罪责都揽到自己身上，所以才嚷嚷着要自杀。

有一种母亲就是这样，孩子怎么伤害她都可以，可千万不能伤害她的孩子一点儿。只要不送她的孩子去警察局，孩子捅她多少刀都没关系。

她不是演员，可那一刻她演得却比谁都像。

伤害了妈妈的孩子躲在人群后面，泣不成声。

后来，听说那天去参加砍人的几个哥们儿，全都进了警察局。还听说现场死了几个人，这些孩子们其实是杀人未遂。

从此以后我的那个朋友收起了叛逆，背起书包乖乖去上学了。现在的他，比谁都孝顺。

我们总是把最坏的脾气留给最爱我们的人，而把亲人给予自己的爱，视为理所当然或是司空见惯的事。不是所有人都像我朋友那么幸运，早早就知道了，身边的人有多爱你。不要等有一天你如梦初醒了，却发现自己已经没有机会再去报答他们。
行孝要及时。

网上有一个特别流行的段子。说有个女生本来想给男朋友发条微信，结果却错发给了妈妈。她发现发错了以后，就又给男朋友发了一条。她小心翼翼地等着男朋友的回信，可是抱着手机一个晚上，也没有收到男朋友的回音。第二天她生气了，给男朋友打了个电话发起脾气来。男朋友觉得她无理取闹，说早就受够了她的坏脾气，他要和她分手。就在她正跟男朋友生气的时候，妈妈给她打来了电话，担心地问她是不是发生了什么事儿，为什么突然发微信说想她了。妈妈关切地问她是工作不顺心，还是没钱花了？妈妈还说知道她整天对着电脑伤眼睛，就给她寄了一个蒸汽眼罩，已经发了快递了，两天就到。
一条信息，发给不在乎你的人，那也就是不值得在意的几十个字；但对爱你的人来说，却是他们珍视的关于你的信息状况。他们会透过那简单的几十个字，来判断你的心情、身体状况，乃至生活状态。

朋友让我转发一下她微店的信息。我们平时关系就挺好的，所以我想都没想就转发了。

转完了，我突然想到，有一天妈妈打电话让我在朋友圈给她买的一个东西砍价。我对"砍价"这件事很反感，认为那就是一个营销策略。用来砍价的东西质量往往不好，家里也不缺那些，还要打扰一大批人，实在没必要。所以，我就粗暴地跟老妈说我在忙，叫她以后不要再弄那些没用的东西了，接着就把电话给挂了。

事后想想，老妈并不知道那些东西为什么没用。她不知道什么叫做时间成本，什么叫做人际成本，不知道为什么"钱能办到的事儿，都不应该求人"的道理，而我也没有耐心跟她解释。

她只知道她向我发送了一个诉求，被我粗暴地拒绝了。

现在回想起来，我挺后悔的。因为老妈很少对我提什么要求。我就算明知道那个砍价就是个营销策略，其实也应该帮帮她，让她开心一下的。

世界上哪里有那么多的道理和对错，大多数时间，我们讲的只是利益罢了。而真正爱你的人，从来不讲利益，讲的始终是感情。

有一个同事风度很好，对人一直彬彬有礼的。谈起礼数什么的，没有人比他更周到。老板也特别喜欢他，有什么场面上的事情，都愿意带上他。

他每次在办公室接听电话都特别小心。电话接起来，第一句就是恭恭敬敬的"您好"两个字，在电话的那头好像都能看见他的微笑。到了第二句，他的态度可能还是如此，可是偶尔，他也会烦躁不堪，没说两句话就不耐烦地挂了电话。

不用说，那肯定是他家人打来的电话。

有次我半开玩笑地问他：你为什么对你家人那种态度啊，他们该有多伤心啊。

他愣了一下，对我解释：没事儿，他们都特别好，特别能理解我。知道我上班的时候很忙，即便我打断他们，他们也不会生气的。而且从小到大，我爸妈都特别宠我，不会因为这点儿小事儿生气的。就算是生气了，我回家买点儿东西哄哄他们就好了。他们说只要我健康、我好，他们就会很开心，所以这些小细节，不用太在意了。

真的不用在意吗？

曾经我也是这么想的。

有一天我忙得焦头烂额。早上开了个会，确定了一堆乱七八糟的事儿。下午还有个采访，车都催着出发了，我的采访提纲还没写好。这时候，领导过来告诉我，让我赶紧把昨天采访的情况简单写一下，他要去做报告。

当时，我简直要忙疯了。就在这时候，妈妈突然给我打了个电话，我就给挂了。过了十分钟，她又打来一次，我看了一眼，还是给挂了。她给我发了条微信，问我在干什么，我实在没有时间回，就想，算了，一会儿再回，就没有再搭理她。

然后，我终于把所有的事情敲定，如约到了采访现场，手机调成静音，采访正式开始。跟采访对象正聊到兴头上的时候，我的手机突然响了，是微信发送视频聊天的声音。拿起一看，是我妈，当时我头都大了！跟采访对象说了句"抱歉"，我出去给我妈回了个电话。当时感觉真的要爆发了，就冲她一顿炮轰：

"我在采访！采访！打一遍得了，不接电话还不知道是什么意思吗？能不给我添乱吗？退休了在家能不能做点儿有用的事儿，天天盯着我干什么！"

我吼完，"啪"的就把电话挂了，继续采访。

白天一天都没顾上再联系我妈，等我忙完手边的工作，回来想想，觉得自己的话可能是说重了。晚上回家，我就主动给老妈发了个视频聊天。刚开始妈妈的表情还很是不悦，我就跟她撒了撒娇，说我好累啊，采访了一天呢。老妈的表情马上缓和了，问我吃饭了没，让我注意身体。两个人扯了会儿闲天儿，一切就算过去了。

后来的事情，是老爸跟我说的。

他说那天我老妈说她眼皮总跳，怕我出什么事儿，就想给我打电话问问。我一直没接她电话，她就有点儿慌了。老爸说，我妈就一直在屋里转悠，平时的养生课也不听了，老友约她去图书馆她也不去了，嘴里一直念叨着，怎么办啊，怎么办啊，女儿是不是出什么事了啊。看我迟迟不接电话，她就拿出家里的影集，翻我的旧照片，坐在那儿看着照片"吧嗒，吧嗒"的掉眼泪。

老爸一直安慰她，没事儿啊，别担心。可她就是听不进去，还冲他吼：没事儿，她为什么不接电话啊？怎么她就不接我电话啊？

她就坐在那儿一直想办法，最后想出了用微信视频晃我一下的主意。她没想到正是那通视频邀请，成功地惹恼了我。

他说老妈看到我的电话打来，先是特别惊喜，听到我的声音后就变得很愤怒，她本来是想质问我为什么不接电话的，没想到我倒先冲她吼上了。尤其当我问她"能不能不给我添乱了"的时候，她就像个小孩子一样，乖乖地连连点头，等我挂掉了电话，她才缓缓地挂掉。挂了电话以后，她"哇"的一声就哭出来了，哭得一点儿都不像五十多岁的大人，反倒像极了小时候以为"妈妈不要我了"的我。

听老爸讲完，我的眼泪止不住地往下掉。

一句生气时口不择言的话，原来妈妈听完了心里这么难受。

我愧疚死了。

后来有一次，老妈跟我说了好多话，我来不及回，最后她突然让我给她发个"微笑"的表情。

我不解，问她为什么。

她说：你发个笑脸就行，我知道你是安全的就放心了。

这个不想给我添麻烦的老妈，用她的方式默默地爱着我。

你永远不知道，你的一个眼神，一个动作，一句话，会怎样伤害那些爱你的人。

我的那位同事听我说了这些以后，慢慢地也红了眼眶。他说他知道了，有些伤害不能过后再弥补，以后会注意对家人说话的态度的。

这个社会太冷酷。人们都行色匆匆，去追求名利、美貌或地位，很少有人愿意停下脚步主动来关心你，照顾你的感受。而那些总是没事就问你过得好不好，让你觉得他们很啰嗦的人，往往才是最爱你的人。他们不仅关心你吃饭了没有，还要问你吃的是什么，是凉的还是热的，是不是你最爱吃的，是不是足够健康。你以为你赚了大钱，给他们长了面子他们就会开心，但其实，他们最关心的，永远是你累不累，开心不开心。

愿你把好脾气留给最爱自己的人，别让他们伤心，更别让自己后悔。

身边有个玻璃心的人，是种什么体验

身边有个玻璃心的朋友，是种什么体验？

就这个问题，我专门问了身边的一些朋友。

小 A，有个玻璃心的男友

我从来不敢太晚回家，不然就得各种解释。他倒是从来不直接问我，可是我必须得一五一十地给他报告我的行踪。然后，他装出一副一点儿也不在意的样子。可是，只要有一点儿事情我没有说清楚，他就会自己生好几天闷气。

一次，我负责的项目总算结束了，并且得到了领导的赞赏。我开心极了！总算没有白加班一个月。这一个月真是艰辛，好多次都是后半夜才回家。还好男友贴心啊，听说我负责的项目结束了，他就在家里准备了烛光晚餐，说要跟我一起庆祝。

结果，因为一点小事，我们一言不合就吵了起来，说好的烛光晚餐也泡汤了。原因很简单，我无意中说了一句：我的合作伙伴是个男生，他就炸毛了。他酸酸地说："原来你这么长时间晚归的时候，都是跟另外的男生在一起啊。"

一个人如果连这种飞醋都吃，真是让人抓狂。

前几天我们窝在家里一起看电视剧。本来两个人开开心心的，他在一旁给我剥巴旦木，我就坐在那里一边吃，一边吐槽电视剧的剧情。

然后我无意中说了一句：哎，还是女主角命好。我要是能找个富二代，生活该多美好啊！

结果，巴旦木得自己剥了，电视得一个人看了，旁边那个小心眼的男人三天没跟我说话。

去饭店吃饭，服务员过来上餐。那个服务生是个大长腿韩范儿奶油小生，细看还有点儿像吴尊，目测也就十八九岁。

爱开玩笑的我忍不住跟男友说：看那个男的，帅不帅啊？

他说了句"丢人"，就不搭理我了。

然后服务生过来给我们烤肉，我就跟他多聊了几句闲话，"你多大了啊，为什么出来打工啊，来这儿多长时间了啊"。

最后的最后，男票直接摔桌子走人了，留我一脸尴尬。

你说我不对？我哪儿不对啊，人家过来给我们服务了，我跟人家聊两句，活跃一下气氛怎么了？何况我比那小男孩儿大十多岁呢，能咋样啊！

小 B，有个玻璃心的女友

跟她一起上街必须给她拎包。两个人在一起，男人体贴一下女人，这也无可厚非。问题是，她要求我就算自己单独上街，也得拎着她的女款包，说是为了宣示我已经被人占领主权了。有一次因为要去见一个重要的客户，我拎了个公文包。没想到半路上悲催地碰见了女票，然后我就一个人在宾馆住了一晚上。

还有，不能说她闺密好看，也不能说她闺密有学识，更不能说她闺密聪明，如果我敢说她闺密有女人味，她可能会直接"废了"我。

总之，如果我的眼里只能看见一个女人，那就必须是她。但凡我多看别人一眼，她就得把我眼睛挖掉。

前几天，她给我做了一桌子饭菜。我一感动，就拍张照片发了条朋友圈，还配文说"老婆大人，你真好"。刚开始的时候，她特高兴，可是等她点开我朋友圈的图片以后就不理我了，然后直接拿起包就走人了。最后我才知道，她气我给她照相的时候没用美颜相机，我拍的朋友圈的她显得不够美。老婆大人，我冤枉啊！你说我一个直男，哪有在手机里装美颜相机 app 的啊！

两个人一块儿看星座运势。看完了两个人的，我就说看看别的星座的吧，她也同意了。翻着翻着就翻到了巨蟹座，我说巨蟹座挺好的，顾家，温柔。她突然"Pia"的一下给了我一巴掌，把我给打蒙了。我还没恼呢，她倒先怒了，恶狠狠地跟我说：你要喜欢巨蟹座的，就找个巨蟹座的去啊，在这儿跟我念叨什么！老娘就是处女座的，这辈子都变不成巨蟹座！你要是受不了，赶紧滚啊！

她买了一件新衣服，问我好不好看。刚开始我没抬头，说：你喜欢的咱就买，你穿啥都好看。她立马说我不在乎她，敷衍她。然后我就抬头，认真看了一眼，说了句：亲爱的，这衣服不太合身吧，你腰的地方有点儿紧，要不换个大一码的试试？

好家伙，好几天没跟我说话啊，说我嫌她胖，不爱她了。大家评评理，你说她一米七的个头，非要穿一米六的裙子，合适吗？

她是东北人，笑声特别爽朗，这是我能接受的，而且我也喜欢率性的女孩儿。

有一天我们和朋友一起吃饭，她唠嗨了，就在饭店里毫不顾忌地哈哈大笑起来。我面上不好直接说，就私下发个微信提醒她：老婆，咱笑的时候能文雅点吗？周围人都看你呢。结果，她看完微信，当场就跟我翻脸了，说她就喜欢大声笑怎么了，她笑碍着谁的事了。她还说我一个南方的小伙子整天扭扭捏捏娘们儿唧唧的，恶心死了，竟然还看不起她笑！

嗯，以后你在公众场合尽情地笑吧！再也没人管你了。

这段恋情就因为这点小破事儿，走到了尽头。

小C，有一个玻璃心的闺密

我兴冲冲地跟闺密说：我拔草了新的口红，想买好久了呢，你快帮我看看，好不好看，适不适合我？
她说：挺好。
我说：要不你也买一支，我还想买个其他色号的，咱俩一起拼单，第二支半价。
她上来就怼了一句：不买，买不起，没有钱。我花的是我妈的钱，我知道心疼她，不像你那么挥霍。

……

然后就没有然后了。

我们跟一个女生是共同的好友，三个人关系都很好。有一天我约另外那个女生出去玩，忘了跟她说。她知道了以后，跟我俩都发了一顿脾气：看来还是你俩关系好啊，都开始背着我私下约会了！

她说她喜欢吴亦凡，我随口说了句：其实我觉得鹿晗比吴亦凡好看。她就举各种例子，说吴亦凡哪里哪里好，鹿晗哪里哪里不好，卯足了劲儿想说服我。

一个小时过去了，我终于不耐烦了，说了句：好好好，吴亦凡好，吴亦凡哪儿都好。

然后她说我敷衍她，她就生气了。

去食堂打饭，回来拿筷子忘了拿她的。我是真的忘了，可她看见之后，自己默默拿了筷子，一天都没有理我。

平时，只要我受到表扬，不管是老师的、同学的、朋友的，她都会生气，感觉不生气都对不起一天美好的阳光。

有天下楼晒被，让她陪我下去。寝室大妈看见了，就随口说了一句：现在的小姑娘都懒，宁可被子潮了都不肯下来晒，你倒还挺勤快的。

我当然谦虚地说：被子盖时间长了感觉不太舒服，所以就下楼晒了一下。这时，她在旁边酸溜溜地接了一句：哎哟，我们这群女生都懒，可不能跟你这种勤快的人在一起玩儿，我先去食堂打饭了。然后她就真的走了。

心好累，真的。

小 D. 有一个玻璃心的老妈

我在家跟朋友瞎聊，互相调侃，说了句：我家小老太太现在可注重养生了，天天出去跟大家一起跳广场舞，回来还喝保健茶，小生活过得可滋润了。

老妈听见，脸马上沉下来了：你说谁老太太呢？说谁老太太呢？我才五十八！五十八！我根本不老！

然后她三天没理我。

老妈，冤枉啊，小老太太是昵称啊！

某天，全家坐在一起看那种哭天抹泪的百姓调解栏目，大概内容讲的是：一个母亲瘫痪在床，四个孩子都不想赡养她，相互推卸责任。最后老母亲没办法了，就把孩子们告上了法庭。

我就嘟囔了一句：这群孩子太过分了，赡养老人是义务啊。还是咱家好，就我一个孩子，不管怎样我都得养你。

老妈又开始冲我炮轰：什么？现在你就嫌我是负担了？我跟你说，就算以后有我瘫痪的那天，我也不会让你养的！我有退休金！你可千万别害怕，哼！

又生气了。老妈，我就吐槽个电视节目，您别忙着往自己身上扯啊。

有天老妈问我，家里的 WiFi 不知道怎么连不上了。她还给我截了个图，问我到底出了什么问题。当时我在公司正忙得焦头烂额，就回复她说等会儿再说，我这边儿忙，她说好。

忙完了之后，我就把她这个事儿给忘了。

一天过去了，我也没想起来给她解决这个事情。结果第二天老妈给我发来个图片说：我自己找人把 WiFi 弄好了，忙你的工作去吧，以后再也不用你了。

好……吧……

人总是有着不同的性格特点，玻璃心也好，粗线条也罢，这两种性格各有各的好坏。

粗线条的人看似很大气，但是不太注重细节，心直口快，说话也容易伤到人。

而玻璃心的人，看似很脆弱，非常敏感，但是往往心思细腻，能够注意到很多人没有观察到的事情，也比较注重别人的感受。

玻璃心的人之所以玻璃心，有的是因为把交往的人看得太重要，有的是因为觉得自己不如人，自卑，可也正因为内向，所以自尊心特别强。不管是哪种原因造成的玻璃心，这种类型的人都可能更需要其他人的关注。

而怀有玻璃心的人，可能是你的爱人，朋友，父母。他们通常是你在人间最重视的人。我们不应该对这么亲密的人采用打击、嘲讽、冷漠的方式跟他相处，相反，我们应该去包容、理解他们。我相信，只要他们感受到足够多的关心与支持，自然会变得坦然、柔和起来。

能融化玻璃的，只有热情；能融化冰雪的，只有温暖；能消弭焦躁的，只有温柔。

而那些拥有玻璃心的人，往往也更容易注意到你的需求，带给你其他性格的人所不能给予的理解和支持。这就是他们还会被我们珍爱的原因。小心翼翼地维护他们的玻璃心，我们终会收获弥足珍贵的情谊。

这个世界这么残酷，又这么温柔

一辈子不踩狗屎是不可能的，但每天都踩狗屎是不可能的。

你能看懂你现在所处的世界吗？

表弟离家的第一年跟我说过一句话。他说：姐，我在外面从来都没有家的感觉。就算是加班到凌晨两点也无所谓，因为没有人知道我那么晚还没回家，家里也不会有人等我。

听完后，我感到莫名的心酸。

北京的早高峰，你经历过吗？
我有个北漂的朋友过年回家，兴致勃勃地跟我讲起他挤地铁的经历：租房子一定要租终点站附近的，因为早高峰抢着进车厢的根本没什么绅士淑女，如果你要犯什么"谦让癌"，那你一天都到不了单位。挤丢鞋、下不去车、离老远扔包占座……在那个时候，无论你看见或是经历什么，都不要惊讶。一米八的他，有一百八十招抢座秘籍。他跟我分享着他的一次次"战绩"，越讲声音越小。他说，每次看见地铁上像蚂蚁一样拥挤的人群，他就觉得好想家。

那些为生活所累，跟他一样挤地铁的人，是不是也像他一样想家呢？

每次走在大街上，看到露宿街头的流浪者们，我都不知道该如何是好。在零下 20 多度的严寒中，他们裹着一堆乱七八糟的说不清楚到底是旧衣服还是烂棉絮的东西就睡下了，身旁可能还丢着一个硬邦邦的馒头。我原以为这样的画面只存在于影视剧里，可是很不幸，它竟然是现实。我不知道这些流浪者的故事，不知道他们为什么会如此落魄，或许他们每个人的经历都能写一本书吧。这个世界上有人开着豪车住着豪宅，随时随地挥金如土，而这些流浪者们却什么都没有。
不管别人是贫穷还是富裕，是幸福还是不幸，都跟你没有太多关系。即使你愿意帮助别人，能改变的地方也很有限。这个世界就是这么残酷。

前段时间我过马路时，看见一只巴掌大小的小猫懵懵懂懂地冲向了马路中央。正巧有个车子经过，猫实在是太小了，司机根本就看不见。

我还来不及惊呼，小猫就已经一命呜呼。

而我为了赶高铁，只能匆匆走过，甚至来不及多看一眼那个刚刚逝去的生命。

大学时代，我一直想去一个自己魂牵梦绕的地方旅行。为了那次旅行，我开始了人生的第一次兼职。工作内容很简单，就是上门推销一种洗发水。

那是一直生活在象牙塔里的我第一次感受到生活是如此艰难。为了把洗发水卖出去，我开始一幢写字楼一幢写字楼地爬上去，挨家挨户地推销。

印象中，第一天去的写字楼足足有三十一层，每层都有十多户。有的人听完我的来意，摆摆手就让我离开了；有的人甚至连门都不让我进。

印象最深的是其中一个公司的人怪我踩脏了他们的地面，把我十八辈祖宗都问候了一个遍。我看着他们，咬了咬牙，没有还口。

那天，我爬完了整整一幢写字楼，没有卖出去一瓶洗发水。在家的一二十年，我也是养尊处优，没有吃过半点儿苦的宝贝疙瘩。那时候，我突然觉得，我见过的每个人都可能戴着面具。他们在骂我的前一秒钟，可能刚被上司骂完。刚才还卑躬屈膝的面具，转脸就变得狂妄自大了。

人啊，总是看实力说话的。你不被人尊重，只能证明你还不够强大。你能做的，不是愤愤地诅咒，而是要努力努力再努力，一直努力到你想成为的样子。

就算是这样，也千万不要给这个世界下一个黑暗的定论。换个视角，你就会发现，虽然偶尔会踩到狗屎，但是大部分的时间，我们都被这个世界所温暖着。转过身，原来这个世界还存在着满满的善意。

某个漫天飞雪的日子，下了一夜的雪。第二天我起了个大早，就怕地太滑，路上太慢，上班迟到。下了楼，却发现门口几乎没有雪。沿着马路走了一里多地，我看见邻居的大爷正在扫雪。雪四点才停，他四点就出来扫雪。天那么冷，我刚走了五分钟都想马上进到暖和的屋子里，他就这么静静地，从四点一直扫到六点。
没有任何报酬。

城市街边总会停着一些小吃车。我们单位附近有个卖炒饭的车，总是最晚一个走的。甚至有的时候我下班都夜里十点了，还看见那位卖炒饭的大爷等在那里，当时车前也没有什么生意。
有一天我去买他的炒饭，就跟大爷聊了两句：晚上没人了，您就早点儿回家陪老伴儿呗，这么晚了，都没几个人了，也多赚不了几个钱。

大爷笑了。他说：你们大楼总有人加班到十点多，那时候饭店都关门了。你们这些娃，好多都是一个人出门在外，晚上没有吃的就不吃饭了，对胃不好。我多待一会儿，说不定就能多让几个人吃上热乎饭。

我突然觉得心里很暖。

在网上看到一个小视频。一只小金毛看见外面的小鸡冻得瑟瑟发抖，就用嘴把小鸡叼回了窝。金毛用嘴把小鸡拱到他身上毛最多也最温暖的地方，让它偎靠着自己休息。那个画面，真暖。

有一天我搬着一堆资料下楼。资料实在太沉了，我的力气慢慢要用完了。旁边未曾谋面的陌生人，一把拿起了我手上一半的资料，和我一起搭乘电梯下楼，帮我放到楼下接应我的同事的手里。我冲他说了一声"谢谢"，他冲我微笑了一下。

收垃圾的老奶奶骑着三轮车，每当上坡的时候，总有人在后面推她一把。某天她跟我们闲聊，说她还是没老啊，那么陡的坡，她轻轻一蹬就上去了。我们都轻轻地笑了。

我不吃葱，跟我合租的室友做菜就再也没放过葱。本来我以为她也不喜欢吃葱，直到有一天，说好不回家的我，突然改变行程，回家了。

推开家门，我看见室友正兴致勃勃地啃着一根葱。那一刻，我真想哭。我比较懒，不爱吃早餐。每当有朋友来我家借宿，第二天我总是起床后就着急忙慌地上班，从来没给她们准备过早餐，虽然感觉很抱歉，可我实在起不来。唯独有一个朋友，她每次来我家，都起得比我早，为我准备好早餐，然后再回床上接着睡。她离开的时候，还会买一兜子饼干和火腿肠放在我的冰箱里，还会再留个小纸条，提醒我记得吃早餐。想到她，就觉得真幸福。

这个世界，真残酷。弱肉强食，贫富不均，好像一步走错，就骨头渣子都不剩了。

这个世界，太温柔。不说亲朋好友，就是路人甲乙丙丁，一个善意的小举动都能把你感动得稀里哗啦。

说到底，这世界上从来就没有绝对的善与恶。世界美好或残酷，主要取决于我们自己的心态。我们愿意相信美，那么这个世界就是美好的；我们心怀善，这世界就是善意的。你付出真诚，这个世界就是真诚的。一花一世界，一念一天堂。接受玫瑰花，就要接受玫瑰花的刺。换言之，当我们感觉世界残酷时，就多想想它的温柔；当我们沉溺于温柔里无法自拔时，也不要忘记，它的另一面尖锐而刺痛。这样，我们就可以怀着温柔，继续清醒地前行。

我眼中的你
永远年华美丽
盛开如诗

这个世界这么残酷
又这么温柔

在庞大的世界中
永远心怀温柔
一路坚定前行

图书在版编目 (CIP) 数据

你不努力，没人能给你想要的生活／超级玛丽著
. -- 南昌：百花洲文艺出版社，2017.6（2023.1重印）
ISBN 978-7-5500-2243-0

Ⅰ . ①你… Ⅱ . ①超… Ⅲ . ①散文集—中国—当代
Ⅳ . ① I267

中国版本图书馆 CIP 数据核字 (2017) 第 090256 号

你不努力，没人能给你想要的生活

超级玛丽　著

出 版 人：姚雪雪		出 品 人：柯利明　林苑中		
联合出品人：苏 辛　孙小天　午 歌		责 任 编 辑：苏双鸽		
营销推广：午 歌　姜 涛		封 面 设 计：仙境设计		
内文摄影图：范朋飞		责 任 印 制：张军伟		

出 版 者　百花洲文艺出版社
社 　　 址　南昌市红谷滩世贸路 898 号博能中心 I 期 A 座 20 楼　　邮编：330038
电 　　 话　0791—86895108（发行热线）　　0791—86894790（编辑热线）
网 　　 址　http://www.bhzwy.com
经 　　 销　全国新华书店
印 　　 刷　三河市嵩川印刷有限公司
开 　　 本　1/32
印 　　 张　9.25　　　　　　　　　字　　 数　160 千字
版 　　 次　2017 年 6 月第 1 版　　　印　　 次　2023 年 1 月第 2 次印刷
定 　　 价　39.80 元
书 　　 号　ISBN 978-7-5500-2243-0

赣版权登字：05-2017-121